'Scott O'Dell
Die schwarze Perle

Der Autor:

Scott O'Dell wurde 1903 in Los Angeles geboren. Er schrieb Romane und eine Geschichte Kaliforniens. Das vielgelesene Buch ›Insel der blauen Delphine‹ (dtv junior 7257) war sein erstes Jugendbuch und wurde 1963 mit dem Deutschen Jugendbuchpreis und mit der amerikanischen Newbery-Medaille ausgezeichnet. Später erschien ein Fortsetzungsband zu dieser Geschichte unter dem Titel ›Das verlassene Boot am Strand‹ (dtv junior 7436). ›Das Feuer von Assisi‹ (dtv junior 70172) und ›Vogelmädchen‹ sind seine letzten ins Deutsche übertragenen Geschichten für Jugendliche. 1972 erhielt Scott O'Dell den Hans-Christian-Andersen-Preis für sein Gesamtwerk, den »Nobelpreis des Jugendbuches«. Heute lebt Scott O'Dell mit seiner Familie auf einer Farm nahe der Goldgräberstadt Julian in Kalifornien.

Scott O'Dell

# Die schwarze Perle

Deutscher
Taschenbuch
Verlag

Titel der Originalausgabe: ›The Black Pearl‹
Aus dem Amerikanischen von Roswitha Plancherel

Früher bei dtv junior unter der Nummer 7029

Von Scott O'Dell sind außerdem bei dtv junior lieferbar:
Insel der blauen Delphine, Band 7257
Das verlassene Boot am Strand, Band 7436
Das Feuer von Assisi, Band 70172

Ungekürzter Text
1. Auflage November 1988
Deutscher Taschenbuch Verlag GmbH & Co. KG, München
© 1967 Scott O'Dell
© 1970 der deutschen Übersetzung: Walter Verlag AG, Olten
Umschlaggestaltung: Celestino Piatti
Umschlagbild: Ulla Margarethe Braun
Gesamtherstellung: Kösel, Kempten
Printed in Germany · ISBN 3-423-70153-6
2  3  4  5  6  7 · 94  93  92  91  90  89

*An jenem Tag übt der Herr
Vergeltung an der Pfeilschlange
und er wird den Drachen töten,
der im Meer wohnt.*

Isaias

# 1

Jeder, der in unserer Stadt La Paz oder an den fernen Küsten oder in den hohen Bergen von Baja California wohnt, hat vom Manta Diablo gehört. Man sagt mir, es gebe auch draußen in der großen Welt viele Menschen, die von ihm gehört haben. Von all den Tausenden haben jedoch nur zwei ihn wirklich gesehen. Und von diesen beiden ist nur noch einer am Leben – ich, Ramón Salazar.

In der Stadt La Paz und in Baja California gibt es viele Leute die *sagen*, sie hätten den Manta Diablo gesehen. Nachts an den Feuern erzählen alte Männer ihren Enkeln, wo und wie sie ihm begegneten. Mütter wollen bösen Kindern bangemachen, indem sie drohen, sie würden das schreckliche Ungeheuer aus den Tiefen des Meeres herbeirufen.

Ich bin jetzt sechzehn Jahre alt, doch als ich jünger war und Dinge tat, die ich nicht hätte tun sollen, sagte meine Mutter feierlich zu mir: »Ramón, wenn du das noch einmal tust, dann rede ich ein Wörtchen mit dem Manta Diablo.«

Sie sagte, er sei größer als das größte Schiff im Hafen von La Paz. Sie sagte, seine Augen seien halb grau, halb bernsteingelb und schmal wie eine Mondsichel, und er habe ihrer sieben. Er habe sieben Reihen Zähne in seinem Mund, jeder Zahn so lang wie der Toledo-Dolch meines Vaters. Mit diesen Zähnen würde er meine Knochen zerbrechen wie hölzerne Stöcke.

Auch meine Freunde hatten Mütter, die ihnen mit dem Manta Diablo drohten. Er war ein wenig anders als das Ungeheuer, das meine Mutter kannte, denn er hatte mehr

Zähne oder auch weniger oder seine Augen waren anders geformt oder er hatte nur ein Auge statt sieben.

Mein Großvater war der gelehrteste Mann in unserer Stadt. Er konnte lesen und die Feder führen und lange Gedichte direkt aus dem Gedächtnis aufsagen. Er hatte den Manta Diablo mehrmals gesehen, sowohl in der Nacht als bei Tag, sagte er, und seine Beschreibungen kamen der Wahrheit, wie ich sie heute kenne, am nächsten.

Dennoch sage ich euch: Von all den alten Männern und den Müttern hat niemand, nicht einmal mein Großvater, den Manta Diablo so zu beschreiben vermocht, wie er wirklich ist.

Vielleicht könnte uns Pater Linares die Wahrheit sagen, wenn er noch lebte. Denn er war es, der ihn vor über hundert Jahren als erster sah.

Damals war der Manta Diablo noch ein Wesen mit Klauen und einer gespaltenen Zunge. Er zog kreuz und quer durch unser Land und wo immer er vorbeikam, da welkte die Saat und starb ab, und die Luft roch schlecht. Zu jener Zeit geschah es, daß Pater Linares ihm in Gottes Namen befahl, im Meer zu verschwinden und dort zu bleiben, was der Manta Diablo gehorsam tat.

Ich weiß nicht, ob Pater Linares ihn jemals wiedergesehen hat. Dies aber weiß ich: Während der Manta Diablo im Meer draußen lebte, verlor er die Klauen und die gespaltene Zunge und den üblen Geruch. Er wurde das schönste Geschöpf, das ich jemals gesehen habe. Das schönste, ja. Und doch war es das gleiche böse Wesen, das Pater Linares vor vielen Jahren aus unserem Land verbannt hatte. Das ist seltsam.

Es ist auch seltsam, daß ich schon lange nicht mehr an den Manta Diablo geglaubt hatte. Wenn meine Mutter mir mit ihm drohte, dann lachte ich im stillen. Nun gut, vielleicht lachte ich nicht, sicher aber lächelte ich, denn wie hätte ein solches Ungeheuer auf der Welt leben können? Und wenn es lebte, wie hätte meine Mutter es so gut kennen können, daß sie nur ein Wort zu sagen brauchte, um es herbeizuzaubern?

Trotzdem überlief es mich kalt, wenn sie von ihm sprach, und das Haar begann sich mir zu sträuben, weil es so angenehm unheimlich war. Ich wollte glauben, daß alles so wäre, daß der Manta Diablo wirklich irgendwo lebte und daß er kommen würde, sobald sie ihn rief. Dann konnte ich ihn sehen und seine Augen und Zähne zählen, dieweil meine Mutter ihm im letzten Moment erklärte, ich hätte versprochen, mich zu bessern, weshalb sie nun doch nicht wollte, daß er meine Knochen zerbreche.

Das ist lange her. Nun da ich den Manta Diablo gesehen und mit ihm gekämpft habe eine ganze Nacht und einen halben Tag lang in den Gewässern unseres Vermillon-Meers, zusammen mit Gaspar Ruiz, dem Sevillano, wundere ich mich, daß ich jemals gezweifelt hatte.

Doch ehe ich davon spreche und von uns dreien auf dem glatten Meer in einem Kampf auf Leben und Tod, ehe ich erzähle, was ich über den Manta Diablo weiß, muß ich von der Perle des Himmels berichten.

# 2

Mir ist heute, als sei es sehr lange her, dabei war es erst im letzten Sommer, an einem heißen Tag im August, da ich am Fenster saß und zusah, wie sich unsere Perlenfischer zur Ausfahrt bereitmachten.

Mein Vater ist Blas Salazar und viele Jahre lang war er der berühmteste Perlenhändler im ganzen Umkreis des Vermillon-Meers. Sein Name war bekannt in Guaymas und Mazatlán und Guadalajara, ja sogar in der fernen Stadt Mexico, um der prachtvollen Perlen willen, die er dem Meer zu entreißen verstand.

An meinem Geburtstag im vergangenen Juli machte er mich zu seinem Geschäftspartner. Es war ein großes Fest, und die Leute kamen aus der Stadt und meilenweit aus der Umgebung herbei, um Schokolade zu trinken und Schweinefleisch zu essen, das in einer tiefen Grube gebraten wurde. Das größte Ereignis fand zu Beginn des Festes statt, als mein Vater ein Schild zum Vorschein brachte, das er bis zu diesem Augenblick versteckt hatte, und es über der Tür seines Kontors festnagelte. Auf dem Schild standen in großen vergoldeten Buchstaben die Worte SALAZAR UND SOHN zu lesen und darunter in kleinen Buchstaben das Wort *Perlen*.

Mein Vater strahlte vor Stolz. »Ramón«, sagte er, auf die Tafel deutend, »schau dir das an! Jetzt gibt es zwei Salazar, die mit Perlen handeln. Jetzt verkaufen sie doppelt soviel Perlen wie zuvor und noch schönere. Sie verkaufen Perlen in alle Städte der Welt, diese Salazar!«

Ich schaute das Schild an und blinzelte mit den Augen und hätte am liebsten gejauchzt. Doch da sagte mein Vater noch etwas, und ich fühlte mich als kleiner Junge und nicht als Partner der Firma Salazar.

»Ramón«, sagte er, »zieh deine Manschetten herunter.«

Ich bin nicht spindeldürr, aber doch eher klein und dünn für mein Alter. Meine Handgelenke sind sehr mager, und mein Vater schämte sich ihretwegen. Da er selbst so groß und mächtig war, mißfiel ihm der Gedanke, er habe einen schwächlichen Sohn oder irgend jemand denke dies von ihm.

Darauf nahm mich mein Vater mit in sein Kontor und zeigte mir, wie man den riesigen eisernen Tresor öffnet. Er zeigte mir die Behälter, die mit schwarzem Samt ausgeschlagen und mit Perlen in allen Formen und Farben und Größen gefüllt waren.

»Morgen«, sagte er, »beginnen wir mit deiner Ausbildung. Als erstes werde ich dir beibringen, wie du die Waage handhaben mußt, damit sie genau stimmt, denn das Gewicht einer Perle ist sehr wichtig. Dann werde ich dir die vielen verschiedenen Formen erklären, was ebenfalls sehr wichtig ist. Und zuletzt will ich dir zeigen, wie man eine Perle ans Licht hält, so daß man auf den ersten Blick sagen kann, ob sie von hervorragender oder von guter oder von minderer Qualität ist. Und wenn du dann einmal so alt bist wie ich, wirst du der beste Perlenhändler im ganzen Land sein und deinem Sohn all das beibringen, was ich dich gelehrt habe.« Es war der glücklichste Tag meines Lebens, jener Tag vor vier Monaten, und doch war er nicht restlos glücklich. Nebst dem peinlichen Augenblick, da mein Vater gesagt hatte, »Ramón, zieh deine Manschetten herunter«, quälte mich eine große Furcht. Als mein Vater mir alle die Dinge erklärte, die ich noch zu lernen haben würde, erkannte ich mit Schrecken, daß ich so bald nicht mit der Flotte würde ausfahren dürfen. Seit vielen Jahren hatte ich von dem Tag geträumt, da ich alt genug wäre, um mitzufahren. Wenn du sechzehn bist, hatte mein Vater gesagt, darfst du mitkommen, und dann werde ich dich im tiefen Wasser tauchen lehren. Immer und immer wieder hatte er dies gesagt, und ich hatte die Wochen gezählt, bis ich sechzehn sein würde. Und jetzt, da ich endlich sechzehn war, durfte ich nicht lernen nach Perlen zu tauchen, ehe ich eine Menge anderer Dinge gelernt hatte.

In unserem Kontor befindet sich ein kleines Fenster. Es ist nur ein Schlitz hoch oben in der Mauer und es sieht eher wie ein Luftloch in einer Gefängniszelle als wie ein wirkliches Fenster aus. Man hat es so klein gezimmert, damit auch nicht der winzigste Dieb hindurchklettern kann. Dennoch gewährt es einen schönen Ausblick auf den Strand und auf die Bucht von La Paz. Überdies sind die Männer, die dort am Strand die Perlmuscheln öffnen müssen, nie sicher, ob sie beim Arbeiten beobachtet werden oder nicht, und das ist manchmal eine gute Sache.

Als ich an diesem Morgen an meinem Schreibpult saß, konnte ich die fünf blauen Boote unserer Flotte an ihren Ankerketten tanzen sehen. Wassereimer und Strickrollen und Vorräte lagen zum Verladen bereit am Strand. Mein Vater ging mit langen Schritten auf und ab und trieb die Männer zur Eile an, weil er mit der Ebbe ausfahren wollte.

Die Ebbe würde in weniger als drei Stunden einsetzen, Zeit genug, so hoffte ich, um alle Perlen, die auf meinem Pult lagen, zu prüfen. Neun mußten noch genau betrachtet und gewogen und gewissenhaft im Register eingetragen werden, und ich machte mich eilig an die Arbeit.

Unter dem Schreibpult, eingeschnürt in ein sauberes Bündel, lagen mein Leibchen, eine Baumwollhose und ein langer, scharfer Dolch, den mir mein Großvater einst geschenkt hatte und mit dem man Haifische abwehrt. Ich war bereit, mit der Flotte hinauszusegeln, sobald mein Vater es erlaubte, und ich hatte beschlossen, ihn darum zu bitten, koste es, was es wolle.

Die größte Perle war so groß wie das Ende meines Daumens, aber flach, und sie hatte mehrere Einbuchtungen, die sich nicht wegfeilen ließen. Ich legte sie auf die Waage und sah, daß sie etwas über fünfunddreißig Gran wog. In meinem Kopf rechnete ich die Grane in Karate um und notierte auf einer neuen Seite im Register: 1 Barock-Knopf. Trüb. Gew. 8,7 Kt.

Die zweite Perle war glatt und birnenförmig. Ich hielt sie ans Licht und sah, daß sie einen weichen bernsteinfarbenen Schimmer verbreitete, nach welcher Richtung ich sie auch drehte. Ich legte sie in die Waagschale und schrieb in das Register: 1 Birne. Bernstein. Gew. 3,3 Kt.

Ich hatte eben die siebente Perle auf die Waage gelegt und ließ die winzigen kupfernen Gewichtsteine vorsichtig in die andere Schale gleiten, um das Gleichgewicht herzustellen, da hörte ich die Schritte meines Vaters vor dem Haus. Meine Hand zuckte bei dem Geräusch, und einer der Gewichtsteine entglitt meinen Fingern. Gleich danach schwang die schwere Eisentür auf.

Mein Vater war ein hochgewachsener Mann mit einer Haut, die vom grellen Widerschein des Meers eine dunkle Bronzefarbe angenommen hatte. Er war sehr stark. Einmal hatte ich gesehen, wie er zwei kämpfende Männer beim Nacken packte, in die Luft hob und ihre Köpfe gegeneinanderstieß.

Er schritt durch den Raum, blieb am Pult, hinter welchem ich auf meinem hohen Stuhl saß, stehen und warf einen Blick auf das Register.

»Du arbeitest erstaunlich schnell«, sagte er. »Sechs Perlen gewogen und geschätzt, seit ich heute morgen weggegangen bin.« Er wischte sich die Hände an seinem Hemdzipfel ab und nahm eine Perle vom Tablett. »Wie lautet deine Eintragung für diese da?« fragte er.

»Rund. Hell. Gewicht 3,5 Karat«, antwortete ich. Er ließ die Perle über seine Handfläche rollen und hielt sie dann ans Licht.

»Nur hell nennst du sie, nichts weiter?« fragte er. »Diese Perle ist ein Juwel für den König.«

»Für einen armen König«, erwiderte ich. Vier Monate der Zusammenarbeit mit meinem Vater hatten mich gelehrt zu sagen, was ich dachte. »Wenn du sie näher ans Licht hältst, wirst du sehen, daß sie einen Fehler hat, eine verschwommene Schmutzspur quer durch die Mitte.«

Er drehte die Perle in seiner Hand. »Mit ein wenig Sorgfalt kann man den Fehler ausmerzen«, bemerkte er.

»Das bezweifle ich, Sir.«

Lächelnd legte mein Vater die Perle auf das Tablett zurück. »Ich auch«, sagte er und gab mir einen kräftigen Klaps auf den Rücken. »Ich sehe, du lernst schnell. Bald wirst du mehr wissen als ich.«

Ich holte tief Atem. Dies war kein guter Anfang für das, worum ich ihn bitten wollte. Der Augenblick war alles andere als günstig, und doch mußte ich sprechen, auf der Stelle, ehe mein Vater fortging. In weniger als einer Stunde wechselte die Tide, und die Flotte würde aus dem Hafen segeln.

»Vater«, begann ich, »du hast mir vor langer Zeit versprochen, ich dürfe mit dir ausfahren und nach Perlen tauchen lernen, wenn ich sechzehn Jahre alt sei. Ich möchte heute mit dir fahren.«

Mein Vater antwortete nicht. Er trat an den Schlitz in der Mauer und starrte hinaus. Von einem Wandbrett nahm er ein Fernglas und hielt es ans Auge. Dann legte er das Fernglas hin und hob die Hände wie einen Trichter an den Mund und brüllte durch den Schlitz:

»He, du dort, Ovando, wenn du schon faul an der Kiste lehnst, schick' jemanden zu Martin, der an der Ruderpinne der *Santa Teresa* lehnt, und bestelle ihm von mir, es bleibe noch eine Menge zu tun und wenig Zeit, um es zu tun!«

Mein Vater wartete am Schlitz, bis Ovando seine Bestellung weitergegeben hatte.

»Wenn du mit der Flotte fährst«, sagte er, »dann werden alle männlichen Mitglieder der Familie Salazar gleichzeitig auf dem Meer sein. Was geschieht, wenn ein Sturm aufkommt und wir beide ertrinken? Ich will es dir sagen. Es ist das Ende von Salazar und Sohn. Es ist das Ende von allem, wofür ich gearbeitet habe.«

»Die See ist ruhig, Sir«, sagte ich.

»Diese Worte beweisen, daß du eine richtige Landratte bist. Die See ist heute ruhig, aber morgen? Morgen kann sie, vom Chubasco gepeitscht, ein einziger Wirbel sein.«

»Es dauert noch eine Woche oder zwei, bis der große Wind kommt.«

»Und was ist mit den Haien? Was ist mit dem Teufelsfisch, der dir den Hals umdrehen kann wie den eines Kükens? Und die Dutzende von Riesenmantas, jeder einzelne so groß wie irgendeines unserer Schiffe und doppelt so schwer? Wie willst du mit denen fertigwerden?«

»Ich habe das Messer, das mir mein Großvater schenkte.«

Mein Vater lachte, und sein Lachen dröhnte durch den Raum wie das Brüllen eines Stiers.

»Ist es ein sehr scharfes Messer?« fragte er verächtlich.

»Jawohl, Sir.«

»In diesem Fall – wohlverstanden, mit sehr viel Glück – könnte es dir gelingen, einen der acht Arme des Teufelsfisches abzuschneiden, bevor sich die restlichen sieben um dich schlingen und dir die Zunge und das Leben aus dem Leib pressen.«

Ich holte wieder Atem und brachte mein bestes Argument vor. »Wenn du mir erlaubst, mitzukommen, dann bleibe ich an Deck, während die anderen tauchen. Ich kann die Körbe heraufziehen und mich um die Leinen kümmern.«

Ich beobachtete sein Gesicht und sah, daß es eine Spur weicher geworden war.

»Ich könnte für Goleta einspringen«, fuhr ich schnell fort, um den Vorsprung, den ich gewonnen hatte, auszunutzen. »Ich bitte um Verzeihung, Sir, aber Goletas Frau kam gegen Mittag und sagte, ihr Mann sei krank, er könne nicht mitfahren. Ich vergaß es dir zu sagen.«

Mein Vater schritt zur Eisentür und öffnete sie. Er betrachtete den Himmel und die glänzenden Blätter der Lorbeerbäume, die reglos an ihren Zweigen hingen. Er ließ die Tür zufallen, stellte das Tablett mit den Perlen in den Tresor und verriegelte das Schloß.

»Komm«, sagte er.

Schnell ergriff ich mein Bündel. Dann betraten wir schweigend die Straße und stiegen den gewundenen Pfad zur Kirche empor, die oben auf dem Felsvorsprung steht.

Mein Vater kam jedesmal hierher, ehe die Flotte auslief, um die Madonna um Schutz vor den Gefahren des Meeres zu bitten. Und wenn die Flotte nach Hause kam, eilte er als erstes wieder zur Kirche hinauf, um für die glückliche Heimkehr zu danken.

Die Kirche war leer, doch wir stöberten Pater Gallardo auf und weckten ihn aus seinem Mittagsschläfchen. Er stand, die Arme segnend ausgebreitet, neben der Jungfrau, während wir niederknieten und die Köpfe beugten.

»Erbarme dich dieser Männer«, sagte Pater Gallardo. »Schenke ihnen gute Winde und gute Gezeiten. Bewahre sie vor den Gefahren der tiefen Wasser, gib, daß ihre Fahrt in jeder Hinsicht fruchtbar sei, und bringe sie heil zurück.«

Ich warf einen Blick zur Madonna hinauf, als Pater Gallardo seinen Segensspruch beendete. Sie stand, ganz in weißen Samt gekleidet, still in ihrer Nische aus Meermuscheln. Sie hatte das Gesicht eines Kindes, in Wirklichkeit aber war sie eine junge Frau, weder indianisch noch spanisch, mit hohen indianischen Backenknochen von goldenem Braun und mit den Augen der Frauen von Kastilien, groß und mandelförmig.

Ich hatte sie immer geliebt, doch nie so sehr wie in diesem Augenblick. Ich schaute sie an, bis mein Vater mich in den Arm kniff und mir bedeutete, ihm zu folgen.

Wir gingen hinaus und blieben unter den Lorbeerbäumen stehen.

»Ich sehe das Bündel unter deinem Arm«, sagte mein Vater, »und ich schließe daraus, daß du mit deiner Mutter gesprochen hast, als du heute morgen das Haus verließest.«

»Ich habe nicht mit ihr gesprochen. Aber ich will jetzt gleich zu ihr gehen und ihr sagen, daß ich mitfahre.«

»Nein, ich schicke einen Boten. Wenn du selbst zu ihr gehst, verlieren wir nur Zeit. Wir sind ohnehin schon spät daran. Überdies wird es Tränen und Klagen geben, und das sind schlechte Vorzeichen für eine Reise zur See.«

Er winkte einen Jungen herbei, der uns von ferne beobachtet hatte, und trug ihm eine Nachricht für meine Mutter auf. Dann gingen wir den Hügel hinunter zum Strand. Die Sonne sank, doch die prächtigen blauen Schiffe unserer Flotte konnte ich immer noch ganz deutlich sehen. Im schwindenden Licht sahen sie aus wie Silber, wie lebende Silberfische, die auf dem Wasser trieben. Hinter ihnen dehnte sich der Hafen meilenweit; er reichte von der Küste bis zur Insel Espíritu Santo, wo die offene See begann.

Ich wollte meinen Vater eine Menge Dinge fragen, während wir den Hügel hinunterstapften, aber die Aufregung verwirrte mir den Kopf, und es fiel mir nichts ein, das ich hätte sagen können.

# 3

Unsere Flotte bestand aus fünf Schiffen. Jedes war etwa zwanzig Fuß lang und ziemlich breit, mit einem hohen Bugschnabel und einem Heck wie ein Kanu, und jedes hatte ein kleines viereckiges Segel. Die Boote waren auf dem Strand unserer Stadt gebaut worden, aber das Holz stammte aus den Mahagoniwäldern von Mazatlán. Jedes trug den Namen eines Heiligen, und alle waren blau gestrichen, so blau wie das Meer, wo das Wasser am tiefsten ist.

Jedes Schiff bot vier bis fünf Männern Platz. Auf unserem Boot, es hieß *Santa Teresa*, befanden sich außer meinem Vater und mir ein Indianer und ein junger Mann namens Gaspar Ruiz.

Dieser Ruiz war etwa einen Monat zuvor in unsere Stadt gekommen. Er stammte aus Sevilla in Spanien. Jedenfalls behauptete er das. Deshalb nannten wir ihn den Sevillano.

Er war groß, und seine Schultern waren so breit und mächtig, daß es aussah, als wären sie mit Stahl anstatt mit Muskeln gepanzert. Sein Haar, das die Farbe von Gold hatte, umgab seinen Kopf so dicht wie ein Helm. Er hatte blaue Augen, so blau und schön, daß jedes Mädchen ihn darum beneidet hätte. Auch sein Gesicht war schön bis auf den Mund, um den beständig der Schatten eines höhnischen Lächelns lag.

Dazu kam, daß es an der ganzen Küste des Vermillon-Meers keinen besseren Perlentaucher gab als Gaspar Ruiz. Es gab welche, die konnten länger als zwei Minuten unter Wasser bleiben, aber für den Sevillano waren drei Minuten ein Kinderspiel. Und einmal, als er sich vor einem großen grauen Hai verstecken mußte, blieb er vier Minuten unten und kam lachend herauf.

Er war auch ein großer Angeber, wenn er von Heldentaten erzählte, die er in Spanien und anderswo vollbracht hatte. Nicht nur brüstete er sich mit diesen Heldentaten, viele waren dazu noch auf seinen Körper tätowiert. Ein Bild in roter und grüner und schwarzer Tinte zeigte Gaspar Ruiz im Kampf mit einem Polypen, der ein Dutzend Arme hatte. Ein anderes stellte ihn dar, wie er ein langes Schwert in einen angreifenden Stier bohrte. Ein drittes zeigte, wie er einen Berglöwen mit seinen bloßen Händen erwürgte.

Diese Szenen hatte er sich auf seine Schultern und Arme und sogar auf seine Beine tätowieren lassen, so daß er fast wie eine wandelnde Bildergalerie aussah.

Wir waren an jenem Abend noch nicht weit gesegelt, als der Sevillano von sich zu erzählen begann. Er saß an den Mast gelehnt und erzählte lang und breit, wie er einst im Golf von Persien getaucht war und dort eine Perle gefunden hatte, die größer war als ein Hühnerei.

»Was hast du damit gemacht?« fragte mein Vater. »Ich habe sie dem Schah verkauft.«

»Für viel Geld?«

»Viel«, sagte der Sevillano. »So viel, daß ich mir eine eigene Perlenfischerflotte kaufen konnte. Sie war größer als Eure. Heute wäre ich ein reicher Mann, wenn sie nicht in einem fürchterlichen Sturm untergegangen wäre.«

Darauf erzählte der Sevillano von jenem Sturm, dem größten, den die Welt vermutlich jemals erlebt hat, und wie er sich selbst und seine Leute gerettet hatte.

Ehe ich Partner meines Vaters wurde, hatte ich den

Sevillano manchmal am Strand gesehen, wenn die Boote ausfuhren oder wenn sie hereinkamen, und manchmal auf der Plaza. Immer waren Leute um ihn, die sich seine Geschichten anhörten, doch irgendwie hatte ich stets das Gefühl, er spreche eher zu mir als zu den anderen. Als ich ihn einmal zum Spaß über eine seiner Geschichten ausfragte, weil ich wußte, daß sie erlogen war, fuhr er mich an.

»Du glaubst also nicht, daß ich die Wahrheit sage?« fragte er mit zusammengebissenen Zähnen. Ehe ich antworten konnte, sprach er weiter: »Du bist der Sohn eines reichen Mannes und du wohnst in einem großen Haus und du ißt feine Sachen und geleistet hast du in deinem ganzen Leben noch nicht viel. Mehr wird es auch nie sein.«

Die Überraschung verschlug mir die Sprache, deshalb blieb ich stumm. Er betrachtete mich eine Weile, und dann trat er einen Schritt näher und senkte die Stimme. »Dein Vater ist ein reicher Mann. Mein Vater war ein armer Mann, ich weiß nicht einmal seinen Namen. Seit der Zeit, da ich gehen kann, habe ich etwas geleistet und ich habe in meinem Leben viele Dinge getan und wenn ich von den Dingen rede, die ich getan habe, dann sage ich die Wahrheit. Also hüte deine Zunge, Kamerad.«

Ich murmelte eine Entschuldigung und entfernte mich, doch als er dachte, ich könnte ihn nicht mehr hören, hörte ich ihn zu seinen Freunden sagen: »Der dort, der eben von uns weggegangen ist, habt ihr gesehen, wie ihm das rote Haar vom Kopf absteht wie ein Hahnenkamm? Ich will euch etwas sagen, das kommt von Afrika. Es kommt vom ungläubigen Mohren- und Berberblut.«

Ich wollte kehrtmachen und ihm entgegentreten. Er war älter als ich und kräftiger und er trug ein Messer in seinem Gürtel, doch das war es nicht, was mich zurückhielt. Ich wußte, mein Vater würde es als eine Beleidigung des Namens Salazar betrachten, wenn ich auf einem öffentlichen Platz einen Streit anfing, was immer auch der Grund sein mochte. Deshalb bezwang ich meinen Stolz und ging weiter, als hätte ich nichts gehört.

Ich erzählte meinem Vater nichts von diesem Zwischenfall, und später, als ich dem Sevillano wiederbegegnete, sagte ich auch nichts zu ihm. Ich tat, als erinnerte ich mich nicht mehr an das, was er zu mir gesagt hatte oder was ich ihn hatte sagen hören. Und auch als ich Partner in der Firma wurde, verhielt ich mich nicht anders, wenn er ins Kontor kam, um seinen Lohn abzuholen. Dennoch hatte ich jene Sache nicht vergessen, so wenig wie er, dessen bin ich sicher.

An diesem Abend, als wir aus dem Hafen segelten und er dort saß und die dicke Geschichte vom Sturm erzählte und wie er die ganze Mannschaft seiner Perlenfischerflotte eigenhändig gerettet hatte, spürte ich, daß er mehr zu mir als zu den anderen sprach. Ich spürte, daß er mich dazu bringen wollte, eine Bemerkung zu machen, wie ich es damals getan hatte, damit er mich vor meinem Vater in eine peinliche Lage versetzen konnte. Deshalb hörte ich schweigend zu.

Wir erreichten die Perlenbänke in der Morgendämmerung, und alle fünf Schiffe ankerten dicht nebeneinander über einem Riff, an welchem die Muscheln wuchsen.

Für mich war alles neu. Seit der Zeit, da ich alt genug war, um zuzuhören, hatte ich viele Geschichten über die Perlenbänke gehört, von meinem Vater und von meinem Großvater und von meinen Freunden, die ebenfalls Söhne von Perlenfischern waren. Aber wirklich auf dem Meer zu sein mit der aufgehenden Sonne im kupferroten Dunst und zuzusehen, wie sich die Männer aus den Booten ins Wasser gleiten ließen, das so klar war wie die Luft, das war für mich ein jahrealter, endlich erfüllter Traum.

Mein Vater zeigte mir, wie man den Korb heraufzieht, wenn er voll ist, und wie man die Muscheln im Boot auftürmt. Dann nahm er den Senkstein in die eine Hand und rollte sorgfältig den Strick zusammen, der daran hing und dessen anderes Ende am Boot befestigt war. Zuletzt ergriff er den Korb mit dem Strick und ging über Bord. Mit dem schweren Stein tauchte er unter, bis er den Meeresgrund erreichte.

Durch das klare Wasser konnte ich sehen, wie er den Stein fallenließ, das große Messer aus dem Gürtel zog und die Austernschalen von den Felsen zu lösen begann. Als der Korb voll war, riß er einmal kräftig am Strick, und ich zog den Korb herauf. Etwas später kam auch er nach oben, wobei ein Strom von Luftbläschen seinem Mund entwich. Ich türmte die Muscheln aufeinander, wie ich es gelernt hatte, dann hievte ich den Senkstein für die nächste Tauchfahrt ins Boot.

Der Sevillano war vor meinem Vater getaucht und immer noch unten, als mein Vater zum zweitenmal ins Wasser glitt. Als er an die Oberfläche kam, hielt er sich an der Bootswand fest und schaute mich von unten herauf an.

»Wie kommst du zurecht?« fragte er.

»Ich lerne.«

»Da gibt's nicht viel zu lernen, Kamerad. Du ziehst die Muscheln herauf, dann den Senkstein, dann häufst du die Muscheln aufeinander und wartest ein Weilchen und machst genau das gleiche nochmals, immer wieder. Es ist eine Arbeit für Kinder.« Er sprach leise und lächelte dazu, doch ich wußte, was er dachte. »Tauchen würde mir Spaß machen«, antwortete ich.

»Mehr Spaß, Kamerad, aber es wäre gefährlicher.« Er deutete auf den Arm, den er auf die Bordkante gelegt hatte. Vom Ellbogen bis zum Handgelenk zog sich eine lange zackige Narbe, als wäre der Arm durch die Zähne einer Stahlfalle gerissen worden.

»Das hier«, sagte er, »erwischte ich in einer Burro-Zange. Ich steckte meine Hand tief in einen Felsspalt – und schnapp! Es war kein Felsspalt, sondern das Maul einer Burromuschel, des Vaters aller Burros. Der Señor biß zu, aber meinen Arm habe ich ihm, wie du siehst, nicht überlassen. Das passierte im Golf, doch auch hier im Vermillon-Meer gibt es eine Menge Burros.« Wieder schaute er zu mir auf und lächelte. »Besser, du bleibst im Boot, Kamerad.«

Der Indianer, der mit dem Sevillano arbeitete, reichte ihm den Senkstein, und ohne ein weiteres Wort tauchte der Sevillano wieder unter.

Um die Mittagszeit war die *Santa Teresa* mit Muscheln vollbeladen und sie lag tief im Wasser, weil der Sevillano so viel arbeitete wie drei Taucher zusammen, und deshalb schickte mein Vater ihn auf die anderen Boote, damit er dort Hilfe leistete.

Von Zeit zu Zeit im Lauf des Nachmittags, wenn der Sevillano auftauchte, um Luft zu holen, rief er mir zu: »Vorsicht, Kamerad, bleib mit dem Fuß nicht im Tau hängen!« Oder: »Hier unten wimmelt es von Haien, Señor Salazar. Passen Sie auf, damit Sie nicht ins Wasser plumpsen!«

Solches und ähnliches bekam ich den ganzen Nachmittag zu hören. Mein Vater hörte es ebenfalls, obgleich der

Sevillano meist nur dann zu mir sprach, wenn er dachte, mein Vater höre es nicht.

»Er ist ein Unruhestifter«, sagte mein Vater, »aber laß ihn reden. Was kümmert es dich? Denk daran, daß er der beste Perlentaucher ist, den wir haben. Und wir sind hier der Perlen wegen, nicht aus anderen Gründen.«

Als es dunkelte, türmten sich die Muschelberge in den Booten, und wir machten uns auf den Heimweg nach La Paz. Der Mond ging auf. Mit ihm erhob sich eine frische Brise, die unsere Segel wölbte. Der Sevillano war gut aufgelegt, als wäre er an diesem Tag nicht Dutzende von Malen in die Tiefe getaucht. Er setzte sich zuoberst auf den Muschelberg und erzählte wieder einmal, wie er die große Perle im Golf von Persien gefunden hatte. Es war die gleiche Geschichte, die er schon erzählt hatte, nur dauerte sie diesmal länger. Wieder hatte ich das Gefühl, daß er sie eher meinetwegen als der anderen wegen zum Besten gab.

Und während ich ihm zuhörte, nahm in meinem Kopf langsam ein Traum Gestalt an. Es war ein phantastischer Traum, der mich all die schweigend erduldeten Beleidigungen vergessen ließ. Ich sah mich in einem Boot. Es lag in einer versteckten Lagune irgendwo am Vermillon-Meer vor Anker. Ich steckte ein Messer in meinen Gürtel und nahm den Korb und den Senkstein und tauchte unter bis auf den Meerboden. Haie schwammen langsam im Kreis um mich her, doch ich beachtete sie nicht. Ich löste Muschelklumpen um Muschelklumpen von den Felsblöcken, bis mein Korb voll war. Nach drei oder vier Minuten ließ ich mich mitten durch die kreisenden Haie nach oben tragen, kletterte ins Boot und zog den Korb herauf. Dann brach ich die Muscheln auf, eine nach der anderen. Nichts.

Am Ende blieb nur noch eine einzige Muschel übrig. Mutlos öffnete ich sie und wollte sie eben wegwerfen, da erblickte ich vor mir eine Perle, größer als meine Faust, die funkelte, als loderte ein Feuer in ihrem Innern...

Just in diesem Augenblick, ich wollte eben nach der Perle greifen, verstummte der Sevillano. Er deutete achteraus auf das glitzernde Band, das der Mond auf das Meer malte.

»Manta«, schrie er, »Manta Diablo«.

Ich sprang auf die Füße. Zuerst konnte ich nichts sehen. Dann trug eine Welle das Boot in die Höhe, und ich sah etwas Glitzerndes, das halb aus dem Wasser ragend keine Achtelmeile entfernt hinter uns herschwamm.

Wenn ich ehrlich sein will, muß ich gestehen, daß der Manta, wie man bei uns in Kalifornien den Flügelrochen nennt, einen furchterregenden Anblick bietet. Es gibt kleine Mantas, nicht breiter als zehn Fuß von einer Flügelspitze zur anderen, wenn sie ausgewachsen sind. Es gibt aber auch solche, die zweimal länger sind und gut und gern ihre drei Tonnen wiegen.

Beide Arten haben äußerlich sehr viel Ähnlichkeit mit einer Riesenfledermaus, und wenn sie durch das Wasser schwimmen, bewegen sie ihre Schwimmflossen regelmäßig auf und ab. Und beide Arten haben ein so ungeheuer großes Maul, daß ein Mann leicht seinen Kopf hineinstecken könnte, und zu beiden Seiten des Riesenschlundes befinden sich Lappen so lang wie Arme, die der Manta ausstreckt und mit ihrer Beute wieder einzieht.

Ihre Beute besteht erstaunlicherweise nicht aus den Schwärmen von Fischen, von denen es in unserem Meer wimmelt, sondern aus Garnelen und Krabben und ähnlichem Kleinzeug. Die meisten Mantas werden von einem Pilotenfisch begleitet, der sich neben oder unter ihnen fortbewegt. Diese Fische, heißt es, schwimmen in den Mäulern der Mantas ein und aus, um die tellerähnlichen Zähne von Futterresten, die sich darin verfangen haben, zu säubern.

Doch trotz seines harmlosen Gebarens ist der Manta eine furchterregende Bestie. Wird er durch irgendeine achtlose Bewegung gereizt, so kann er einem Mann mit einem einzigen Schlag seines langen Schwanzes den Hals brechen oder er kann eine Flosse heben und das stärkste Boot damit zerschmettern.

»Manta«, schrie der Sevillano wieder. »El Manta Diablo!«

Sein indianischer Gehilfe kroch schleunigst nach vorn zum Schiffsbug, wo er niederkauerte und vor sich hinzumurmeln begann.

»Nein«, sagte mein Vater, »der Diablo ist es nicht. Den habe ich gesehen, und er ist zweimal größer als jener dort.«

»Kommt hierher, wo Ihr besser sehen könnt«, sagte der Sevillano. »Es ist der Manta Diablo.«

Ich war sicher, er wollte dem Indianer nur Angst machen, und auch mein Vater war dessen sicher, denn er ließ die Ruderpinne los und kletterte zum Sevillano hinauf. Eine Weile schaute er auf das Meer hinaus, dann kehrte er ans Steuer zurück.

»Nein«, sagte er laut, damit der Indianer ihn hörte, »es ist nicht einmal die kleine Schwester des Diablo.«

Der Indianer verstummte, zitterte jedoch immer noch vor Angst. Und als ich den Manta so hinter uns herschwimmen sah, die Flossen ausgestreckt wie riesige Silberflügel, da erinnerte ich mich, wie auch ich einst beim bloßen Klang seines Namens vor Angst gezittert hatte.

Endlich verschwand der Manta, und kurz vor Tagesanbruch umsegelten wir El Magote, die Eidechsenzunge, die den Hafen bewacht, und wir legten im Hafen an. Auf dem Heimweg im schwindenden Licht des Mondes sagte mein Vater zu mir:

»Ich rate dir nochmals, sei höflich zu diesem Sevillano. Hör dir seine Prahlereien an, als ob du ihm glauben würdest. Denn er ist ein sehr gefährlicher junger Mann. Erst letzte Woche erfuhr ich durch einen Freund, der drüben in Culiacán wohnt, daß der Sevillano dort zur Welt kam. Und daß er weder jemals in Sevilla noch in irgendeinem anderen Teil Spaniens noch im Golf von Persien noch überhaupt woanders als hier am Vermillon-Meer gewesen ist. Er soll auch manche Schlägerei in Culiacán angezettelt haben. Ein Mann kam dabei ums Leben.«

Ich versprach meinem Vater, daß ich seine Worte beherzigen würde, doch während wir heimwärts schritten, dachte ich wieder an meinen Traum und an die große Perle, die ich gefunden hatte, und wie verblüfft der Sevillano sein würde, wenn er sie sah.

# 4

Vier Tage vergingen, und ich stand am Schreibpult, eine Feder über dem Ohr, das in Leder gebundene Register offen vor mir. Ich beobachtete ein Kanu, das um die Spitze der Eidechsenzunge bog. Es war ein rotes Kanu und es bewegte sich schnell, daher wußte ich, daß es dem Indianer Soto Luzon gehörte.

Ich freute mich darauf, den alten Luzon zu sehen. Seit vielen Jahren verkaufte er meinem Vater Perlen. Er kam etwa alle drei Monate und brachte nie mehr als eine, aber immer war es eine hochwertige Perle. Bald nachdem ich mit meinem Vater zu arbeiten begonnen hatte, hatte er eine wunderschöne Perle von über zwei Karat gebracht.

Als ich nun Luzon das Kanu festmachen und den Pfad heraufkommen sah, hoffte ich, er würde eine ebenso wertvolle Perle bringen, denn das Ergebnis unserer letzten Fahrt war armselig gewesen. Fünf Bootsladungen von Muscheln hatten uns keine einzige runde oder birnenförmige Perle eingebracht, nur eine Handvoll Knopf- und Barockperlen, die überdies alle matt waren.

Auf sein schüchternes Klopfen öffnete ich die Tür und hieß ihn hereinkommen und Platz nehmen.

»Ich war die ganze Nacht unterwegs«, sagte Luzon. »Wenn es dir recht ist, bleibe ich lieber stehen.« Luzon setzte sich nie. Er hatte die dünnen Beine des Indianers, aber einen mächtigen Brustkasten und starke Arme, die stundenlang ein Paddel handhaben konnten und dabei nie müde wurden.

»Heute morgen bin ich an euren Schiffen vorbeigekommen«, sagte er. »Sie lagen auf der Höhe von Maldonado.«

»Sie fahren zur Cerralvo-Insel.«

Der alte Mann warf mir einen listigen Blick zu. »Ist der Perlenfang hier in der Gegend nicht gut?«

»Sehr gut sogar«, gab ich zurück. Es war unklug, ihm zu sagen, der Fang sei spärlich, da er gekommen war, um eine Perle zu verkaufen. »Sehr gut«, wiederholte ich.

»Dann wundert es mich, Señor, daß die Boote nach Cerralvo fahren.«

»Mein Vater will dort nach schwarzen Perlen suchen.«

Der Alte kramte in seinem Hemd und zog ein geknotetes Bündel heraus und faltete es auseinander. »Hier ist eine schwarze«, sagte er.

Auf den ersten Blick sah ich, daß sie rund und von ebenso guter Qualität war wie die Perle, die ich ihm drei Monate zuvor abgekauft hatte. Ich legte sie auf die Waage und wog sie mit den Kupfergewichten.

»Zweieinhalb Karat«, sagte ich.

Mein Vater feilschte nie mit Luzon. Er nannte ihm jedesmal einen anständigen Preis und hatte mich angewiesen, es ebenso zu halten. Deshalb brachte Luzon seine Perlen immer zu Salazar und Sohn, wiewohl es in der Stadt noch vier andere Händler gab.

»Zweihundert Pesos«, sagte ich.

Das waren etwa fünfzig Pesos mehr als was mein Vater geboten hätte, doch in meinem Hirn begann ein Plan zu reifen, und ich brauchte die Hilfe des Alten. Ich zahlte ihm das Geld aus, und er steckte es in sein Hemd; wahrscheinlich dachte er, ich sei nicht so gerissen wie mein Vater.

»Du bringst immer gute Perlen«, sagte ich. »Schwarze Perlen. In deiner Lagune muß es viele schwarze geben. Wenn du erlaubst, komme ich hinüber, um dort zu tauchen. Für jede Perle, die ich finde, bezahle ich dir einen Anteil.«

Der alte Mann schaute mich verwundert an. »Du bist kein Taucher«, sagte er.

»Du kannst mich tauchen lehren, Soto Luzon.«

»Ich habe deinen Vater viele Male sagen hören, seit den Tagen, da du ein Kind warst, daß er dich nicht aufzieht, damit du im Meer ertrinkst oder einen Arm oder ein Bein in einer Burromuschel zurückläßt.«

»Mein Vater«, sagte ich, »ist nach Cerralvo gefahren und wird vor einer Woche oder länger nicht zurück sein.«

»Und deine Mutter, deine Schwestern, was werden sie sagen?«

»Sie werden nichts sagen, weil sie heute nach Loreto fahren.« Ich hielt inne. »Du wirst mich tauchen lehren, und ich werde nach der großen Perle suchen und wenn ich sie finde, bezahle ich dir, was sie wert ist.«

»Die große Perle suche ich seit vielen Jahren«, sagte Luzon. »Wie kann einer sie in einer Woche finden?«

»Man könnte sie schon beim ersten Versuch finden.«

Der Alte rieb sich sein Stoppelkinn. Ich wußte, er dachte an seine Frau und seine zwei unverheirateten Töchter und seine drei kleinen Söhne und an alle die Münder, die er Tag für Tag zu stopfen hatte.

»Wann willst du fahren?« fragte er.

»Jetzt«, antwortete ich.

Luzon zog die ausgefranste Hose hoch. »Ich kaufe noch einen Sack Frijoles und einen Sack Mehl, dann gehen wir.«

Der alte Mann verließ das Kontor, und ich räumte die Perlen fort und verschloß den Tresor. Ich nahm das Bündel, das unter dem Pult lag, Hose, Hemd und Messer. Ich schloß die Tür hinter mir und verriegelte sie. Als ich zum

Strand hinunterging, dachte ich an die Riesenperle, von der ich geträumt hatte, dieweil der Sevillano von seinen Heldentaten prahlte. Ich stellte mir vor, wie überrascht er sein würde, wenn er von der Isla Cerralvo zurückkehrte und entdeckte, daß die ganze Stadt La Paz nur noch von der Riesenperle redete, die Ramón Salazar gefunden hatte.

Es war ein abenteuerlicher Traum, so wie ihn nur ein sehr junger und sehr dummer Mensch träumen kann. Und doch geschah, was bisweilen geschieht, und der Traum wurde wahr.

# 5

Die Lagune, wo der alte Mann lebte, war ungefähr sieben Meilen von La Paz entfernt, und eigentlich hätten wir sie gegen Mitternacht erreichen sollen. Aber die Strömungen und der Wind verbündeten sich gegen uns, deshalb wurde es beinahe Morgen, ehe wir die beiden Felsköpfe, welche die verborgene Einfahrt zur Lagune bewachen, sichteten.

Man konnte viele Male an dieser Einfahrt vorbeirudern und denken, sie sei nur ein Loch in den Felsen, das nirgends hinführte. Fuhr man jedoch hinein, so gelangte man in einen schmalen Kanal, der sich wie eine Schlange zwischen den beiden Felshügeln hindurchwand, eine halbe Meile weit oder noch weiter.

Die Sonne ging auf, als der Kanal breiter wurde, und plötzlich waren wir in der stillen, ovalen Lagune. Zu beiden Seiten des Strandsees fielen die Hügel steil ab bis zum Ufer, und an seinem anderen Ende lag eine flache Bucht aus schwarzem Sand. Oberhalb der Bucht standen zwei struppige Bäume, und unter diesen duckten sich ein paar Hütten, in denen die Frühstückfeuer brannten.

Es war ein friedliches Bild, das sich mir da bot, ähnlich vielen anderen Lagunen, von denen unsere Küste durchsetzt ist. Dennoch war etwas an diesem Ort, das mir unheimlich vorkam. Erst dachte ich, es müsse an den kahlen Hügeln liegen, welche die Lagune einkesseln, und an dem kupferfarbenen Dunst, der über ihnen lag, und an der schwarzen Sandbucht und der Stille. Ich sollte bald erfahren, daß es etwas anderes war, etwas sehr anderes als das, was ich dachte.

Der alte Indianer paddelte langsam über die Lagune,

indem er das Paddel vorsichtig hob und senkte, wie um das Aufrühren des Wassers zu vermeiden. Und obschon er vorher fast die ganze Zeit geredet hatte, blieb er jetzt schweigsam. Ein grauer Hai kreiste um das Kanu und verschwand. Der Alte deutete auf ihn, sprach aber nicht.

Er sprach auch nicht eher, als bis wir das Kanu vertäut hatten und zu den Hütten hinaufgingen. Dann sagte er: »Es ist gut, wenn man den Mund hält und kein unnötiges Zeug redet, solange man auf der Lagune ist. Denk daran, wenn wir zum Tauchen ausfahren, denn da ist jemand, der hört zu und gerät leicht in Zorn.«

Indianer sind abergläubisch in bezug auf den Mond und die Sonne und auf gewisse Tiere und Vögel, besonders Koyoten und Eulen. Aus diesem Grund überraschte es mich nicht, daß er mich warnte.

»Wer ist dieser Jemand, der zuhört und in Zorn gerät?« fragte ich ihn.

Zweimal blickte er über die Schulter zurück, ehe er antwortete: »Der Manta Diablo.«

»El Diablo?« sagte ich und unterdrückte ein Lächeln. »Er lebt hier in eurer Lagune?«

Der Alte nickte. »In einer großen Höhle, du kannst sie sehen, gleich dort, wo man den Kanal verläßt.«

»Der Kanal ist sehr schmal«, sagte ich, »kaum breit genug für ein Kanu. Wie schwimmt ein Riese wie El Diablo da hindurch? Aber vielleicht muß er das gar nicht, vielleicht bleibt er immer hier in deiner Lagune?«

»Nein«, sagte der alte Mann. »Er macht weite Reisen und bleibt jeweils viele Wochen lang fort.«

»Dann muß er aber irgendwo durch den Kanal schwimmen.«

»O nein, das wäre unmöglich, sogar für ihn. Es gibt

eine andere Öffnung, eine geheime, nahe der Stelle, wo man in den Kanal einbiegt. Die benutzt er, wenn er ins Meer hinausschwimmt.«

Wir näherten uns den Hütten, die zusammengedrängt unter den beiden dürren Bäumen standen. Eine Horde von Kindern lief uns entgegen, und der alte Mann sprach nicht mehr vom Manta Diablo, bis wir gefrühstückt, den Vormittag durchgeschlafen, nochmals gegessen und uns wieder auf den Weg zur Lagune gemacht hatten.

Als wir das Kanu ins Wasser stießen, um zu den Perlenbänken zu fahren, sagte der Alte: »Wenn der Nebel sich verzieht, so bedeutet das, daß auch El Diablo verschwunden ist.«

Tatsächlich hatte sich der rote Dunst verzogen, und das Wasser schimmerte grün und klar. Insgeheim lächelte ich immer noch über den Alten und seinen Glauben an El Diablo, doch gleichzeitig spürte ich etwas in mir, etwas von der Spannung, die ich vor langer Zeit empfunden hatte, wenn meine Mutter mir mit dem Ungeheuer drohte.

»Er ist verreist«, sagte ich; »da können wir ja unbesorgt reden.«

»Nur wenig und sehr vorsichtig«, erwiderte Luzon, »denn er hat viele Freunde in der Lagune.«

»Freunde?«

»Ja, der Hai von heute morgen und viele kleine Fische. Sie sind seine Freunde und sie belauschen uns, und wenn er zurückkehrt, berichten sie ihm alles Wort für Wort.«

»Wohin geht er denn, wenn er die Lagune verläßt?«

»Das weiß ich nicht. Die Leute sagen, er verwandle sich in einen Polypen und spüre die Perlenfischer auf, die ihm etwas Böses angetan oder nachgesagt haben. Es wird auch behauptet, er verwandle sich in einen Menschen und gehe in die Stadt La Paz und suche dort seine Feinde auf den Straßen und manchmal sogar in der Kirche.«

»Dann solltest du aber doch für dein Leben fürchten und die Lagune verlassen.«

»Ich fürchte mich nicht vor El Diablo. So wenig wie mein Vater vor ihm fürchtete. Und sein Vater vor ihm. Vor vielen Jahren schlossen sie mit dem Manta Diablo einen Vertrag, und jetzt halte auch ich mich daran. Ich erweise ihm die Achtung, die ihm gebührt, und lüfte meinen Hut, wenn ich in die Lagune komme und wenn ich sie verlasse. Dafür erlaubt er mir, nach den schwarzen Perlen zu tauchen, die ihm gehören und nach denen wir jetzt suchen gehen.«

Schweigend steuerte der alte Mann das Kanu dem südlichen Ufer der Lagune entgegen, und ich stellte keine Fragen mehr, denn ich spürte, daß er alles gesagt hatte, was er über den Manta Diablo sagen wollte. Bei zwei Faden Tiefe, über einem schwarzen Felsenriff, warf er den Anker aus und winkte mir, seinem Beispiel zu folgen.

»Jetzt zeige ich dir, wie man taucht«, sagte er. »Wir beginnen mit dem Atmen.«

Der Alte hob die Schultern und begann in großen Zügen Luft zu holen, Zug um Zug, bis seine Brust zweimal größer erschien. Dann ließ er die Luft mit einem langen Seufzer wieder ausströmen.

»Das nennt man Wind holen«, sagte er. »Und weil es sehr wichtig ist, mußt du es versuchen.«

Ich gehorchte seinem Befehl, füllte jedoch meine Lungen in einem Atemzug.

»Mehr«, sagte der Alte.

Ich hole nochmals Luft.

»Mehr«, sagte der Alte.

Ich versuchte es wieder und begann zu husten.

»Für das erste Mal ist es gut«, sagte der Alte. »Du mußt aber viel üben, damit du die Lungen ausdehnst. Jetzt tauchen wir zusammen.«

Wir füllten beide unsere Lungen mit Luft und ließen uns, die Füße voran, über die Bordwand des Kanus gleiten. Wir hielten beide einen Senkstein in der Hand. Das Wasser war warm wie Milch, aber klar, so daß ich den gewellten Sand und die schwarzen Felsblöcke und die umherschwimmenden Fische erkennen konnte.

Als wir auf Grund stießen, steckte der alte Mann einen Fuß in die Schlinge der Leine, an welcher sein Senkstein befestigt war, und ich tat mit meinem Stein dasselbe. Er legte mir die Hand auf die Schulter und tat zwei Schritte auf einen Spalt in einem Felsen zu, der von Schlingpflanzen bedeckt war. Dann zog er sein Messer aus dem Gürtel und stieß es in den Spalt. Sofort schloß sich der Spalt, nicht langsam, sondern schnell wie der Blitz. Der alte Mann zerrte das Messer heraus und nahm den Fuß aus der Schlinge und bedeutete mir, dasselbe zu tun, und wir ließen uns zum Kanu emportragen.

Der Alte streckte mir das Messer hin. »Siehst du die Kratzer, die die Burromuschel hinterläßt?« fragte er. »Mit einer Hand oder einem Fuß ist es anders. Hat der Burro dich erwischt, so läßt er dich nicht mehr los, und du ertrinkst. Also paß auf, wo du den Fuß hinsetzt und in was du deine Hand steckst.«

Wir tauchten, bis es dunkelte, und der alte Mann zeigte mir, wie man sich vorsichtig über den Grund bewegt, damit man im Wasser keinen Schlamm aufwirbelt, und wie man das Messer benutzt, um die Austern, die in Klumpen wachsen, von den Felsbänken zu lösen, und wie man die Muscheln aufbricht und sie nach Perlen durchsucht.

Wir sammelten an diesem Nachmittag mehrere Körbe voll, doch außer ein paar Barockperlen von geringem Wert fanden wir nichts. Und so war es auch am nächsten Tag und am übernächsten, und dann schnitt sich der alte Mann mit einer Muschel in die Hand, weshalb ich am vierten Tag allein auf die Lagune ging.

An diesem Tag geschah es, daß ich die große Himmelsperle fand.

# 6

Roter Dunst hing über dem Wasser, als ich das Kanu am Morgen des vierten Tages flottmachte und zur Höhle zu paddeln begann, wo, wie der alte Mann sagte, der Manta Diablo hauste.

Die Sonne war aufgegangen, doch der Nebel war so dicht, daß ich den Kanal nur mit Mühe ausfindig machen konnte. Nachdem ich ihn gefunden hatte, suchte ich noch fast eine Stunde lang, ehe ich die Höhle erblickte. Sie lag hinter einer Klippe versteckt und war der aufgehenden Sonne zugekehrt, und die Öffnung war etwa dreißig Fuß breit und so hoch wie ein großgewachsener Mann und sie bog sich nach unten wie die Oberlippe eines Mundes. Wegen des roten Dunstes konnte ich nicht in die Höhle hineinsehen, deshalb ließ ich mich auf- und abtreiben und wartete darauf, daß die Sonne höherstieg und den Nebel wegbrannte.

Ich hatte am vergangenen Abend mit dem alten Mann über die Höhle gesprochen. Wir hatten gegessen, und die Frauen und Kinder waren zu Bett gegangen, und wir beide blieben am Feuer sitzen. »Du hast überall in der Lagune gefischt«, sagte ich, »aber nicht in der Höhle.«

»Nein«, sagte er. »Das tat weder mein Vater noch sein Vater.«

»Es könnte aber sein, daß dort große Perlen wachsen.«

Der Alte antwortete nicht. Er stand auf und legte Holz auf das Feuer und kauerte wieder nieder.

»Es könnte sogar sein, daß dort die ganz große, die Perle des Himmels liegt«, sagte ich.

Er antwortete immer noch nicht, doch plötzlich schaute

er mich über das Feuer hinweg an. Es war nur ein flüchtiger Blick, dennoch drückte er die Gedanken des alten Mannes so deutlich aus, als hätte er zu mir gesprochen und gesagt: »Ich kann nicht in die Höhle gehen, um dort nach Perlen zu suchen. Ich kann nicht hingehen, weil ich mich vor dem Manta Diablo fürchte. Wenn du hingehen willst, dann geh allein. So kann mir El Diablo nichts anhaben.«

Und an diesem Morgen, als ich zur Bucht hinunterging, kam er nicht mit. »Die Wunde in meiner Hand tut sehr weh«, sagte er, »ich bleibe besser hier.« Und der Blick, den er mir zuwarf, war der gleiche wie am Abend zuvor.

Um die Morgenmitte löste sich der Nebel endlich in der Sonne auf, und ich konnte ein Stück weit in die Höhle sehen. Ich paddelte durch das Loch im Fels und befand mich bald in einem großen, gruftähnlichen Raum. Die Wände waren schwarz und glatt und sie widerspiegelten das Licht, das durch die Öffnung fiel.

In der Nähe des Höhleneingangs war das Wasser sehr klar. Ich nahm den Korb und den Senkstein, holte tief Luft und tauchte unter, indem ich an alles dachte, was der alte Mann mich gelehrt hatte. Etwa einen und einen halben Faden tief stieß ich auf Grund. Ich machte aus dem am Senkstein befestigten Strick eine Schlinge für meinen Fuß und wartete, bis die Wasserbläschen, die hinter mir aufstiegen, verschwunden waren, so daß ich die Muschelbank, die ich vom Kanu aus gesichtet hatte, erkennen konnte. Die Bank befand sich fünf Schritte von mir entfernt in der Richtung des Höhleneingangs. Ich schritt behutsam durch den Sand, wie ich es gelernt hatte.

Es waren die größten Muscheln, die ich jemals gesehen hatte. Sie waren halb so lang wie mein Arm und im

Durchmesser so breit wie mein Körper und bedeckt mit Tang, der aussah wie Frauenhaar. Ich wählte die erstbeste, weil sie leichter erreichbar schien als die anderen. Ich zog das Messer und arbeitete bedächtig, doch ein Schwarm von kleinen Fischen schwamm fortwährend vor meinen Augen hin und her, so daß es mir nicht gelang, die Muschel zu lösen, ehe meine Lungen zu schmerzen begannen und ich wieder emportauchen mußte.

Als ich zum zweitenmal tauchte, ich hatte eben den Grund berührt, fiel ein Schatten über die Muschelbank vor mir. Es war der Schatten eines grauen Haifisches, einer von der harmlosen Sorte, doch bis er sich verzogen hatte, war mir der Atem ausgegangen.

Ich tauchte noch sechsmal, und sobald ich unten ankam, begann ich fieberhaft zu arbeiten. Mit meinem scharfen Messer hackte ich auf die Stelle ein, wo die große Muschel am Fels festgewachsen war. Aber sie wuchs dort schon seit vielen Jahren, vermutlich viel länger als ich lebte, und sie wollte sich von ihrem Bett nicht trennen.

Inzwischen war es später Nachmittag geworden, und das Licht war schwach. Außerdem bluteten meine Hände, und meine Augen waren vom Meersalz halb blind. Aber ich saß im Kanu und dachte an alle die Stunden, die ich erfolglos in der Höhle verbracht hatte. Und auch an den Sevillano dachte ich und an die große Perle, die er im Golf von Persien gefunden hatte oder jedenfalls gefunden haben wollte.

Ich füllte meine Lungen, nahm den Senkstein und tauchte wieder in die Tiefe. Beim ersten Messerhieb brach die Muschel ab. Sie kollerte zu Boden, und ich löste schnell die Leine vom Senkstein und schlang sie zweimal um die Muschel und schwamm an die Oberfläche. Ich zog die

Muschel herauf, doch ins Kanu konnte ich sie nicht zerren, sie war zu schwer für mich, deshalb befestigte ich sie am Heck und paddelte aus der Höhle.

Jenseits der Lagune konnte ich den alten Mann sehen. Er stand unter den Bäumen. Im Lauf des Tages hatte ich von Zeit zu Zeit einen Blick zu ihm hinübergeworfen. Er stand unverwandt dort, die Augen auf die Höhle gerichtet. Ich wußte, ich hätte ertrinken können, und er hätte nicht versucht, mich zu retten, und die ganze Zeit über erklärte er dem Diablo, er habe nicht gewollt, daß ich zur Höhle gehe, und deshalb treffe ihn keine Schuld. Aber ich war auch ziemlich sicher, daß er, falls ich eine Perle fand, bereitwillig seinen Anteil einstecken würde, weil er ja nichts damit zu tun gehabt hatte, daß ich sie fand.

Er trat unter den Bäumen hervor, während ich über die Lagune paddelte, und schlenderte zur Bucht hinunter, als wäre es ihm gleichgültig, ob ich eine Perle gefunden hatte oder nicht. Wahrscheinlich wollte er auf diese Weise dem Diablo und seinen Freunden, den Fischen und dem langen grauen Hai beweisen, daß Soto Luzon keine Schuld traf. »Eine große«, sagte er, als ich die Muschel an Land schleppte. »Eine Riesenmuschel, wie ich sie in meinem ganzen Leben noch nie gesehen habe. Sie ist die Großmutter aller Austern, die im Meer leben.«

»Es gibt noch viele in der Höhle, die größer sind als diese«, sagte ich.

»Wenn es dort so viele gibt«, antwortete er, »dann kann der Manta Diablo nicht zornig sein, weil du nur eine genommen hast.«

»Ein wenig zornig vielleicht schon, aber nicht sehr«, entgegnete ich lachend.

Die Austernmuschel war geschlossen, und ich versuchte

umsonst, meine Messerklinge zwischen die zusammengepreßten Ränder zu schieben.

»Leih mir dein Messer«, sagte ich. »Meins ist vom Schaben stumpf geworden.«

Der alte Mann legte die Hand an den Griff seines Messers und zog es aus der Scheide und dann stieß er es wieder zurück.

»Ich glaube, es ist besser, du benutzt dein eigenes Messer«, sagte er mit einem Zittern in der Stimme. Ich mühte mich lange mit der Auster ab. Endlich gaben die harten Lippen ein wenig nach. Ich spürte, wie das Messer durch die dicken Muskelstränge drang, die sie zusammenhielten, und plötzlich fielen die Schalen auseinander.

Ich fuhr mit dem Finger unter den ausgefransten Rand des Fleisches, wie ich es meinen Vater hatte tun sehen. Eine Perle glitt an meinem Finger entlang, und ich klaubte sie heraus. Sie war etwa erbsengroß. Ich stocherte nochmals in der Muschel, und eine zweite, ebenso große rollte heraus, dann eine dritte. Ich legte alle drei in die andere Muschelschale, um sie vor Kratzern zu bewahren.

Der Alte trat herzu und beugte sich über mich, als ich da im Sand kniete, und er hielt den Atem an.

Langsam ließ ich meine Hand unter die schwere Zunge der Auster gleiten. Ich fühlte einen harten Klumpen, der so groß war, daß er unmöglich eine Perle sein konnte. Ich packte ihn und riß ihn aus dem Muschelfleisch und stand auf und hielt ihn an die Sonne, überzeugt, daß ich einen Stein hielt, den die Auster irgendwie verschluckt hatte.

Er war rund und glatt und rauchfarben. Er füllte meine ganze Hand aus. Dann fiel das Sonnenlicht tief in den Stein hinein und wirbelte silberne Kreise auf, und ich wußte, ich hielt keinen Stein in der Hand, sondern eine Perle, die große Perle des Himmels.

»Madre de Dios«, flüsterte der alte Mann.

Ich stand da und konnte nicht sprechen, mich nicht rühren. Der Alte flüsterte immer wieder »Madre de Dios«.

Es wurde Nacht. Ich riß meinen Hemdzipfel ab und wickelte ihn um die Perle.

»Die Hälfte davon gehört dir«, erklärte ich dem Alten.

Ich streckte ihm die Perle hin, doch er wich erschrocken zurück.

»Willst du, daß ich sie aufbewahre, bis wir in La Paz sind?« fragte ich.

»Ja, es ist besser, du behältst sie bei dir.«

»Wann fahren wir?«

»Bald«, sagte er heiser. »El Diablo ist draußen auf dem Meer, aber er wird zurückkommen. Und dann werden ihm seine Freunde von der Perle berichten.«

# 7

Wir warteten nicht erst die Abendmahlzeit ab. Während ich das Kanu ins Wasser stieß, stieg der alte Mann zu den Hütten hinauf und kehrte mit einer Handvoll Maiskuchen zurück. Als wir an der Höhle vorbeikamen, berührte er seine Hutkrempe und murmelte etwas vor sich hin, dann tauchte er sein Paddel ins Meer. Er hatte ein zweites Paddel mitgebracht, und dieses benutzte ich, wiewohl meine Hände so wund waren, daß sie es kaum halten konnten.

Ein halber Mond schien, die Strömungen waren günstig, und wir hatten den Wind im Rücken. Gegen Mitternacht näherten wir uns der Pichilinque-Bucht, und die Lichter von La Paz schimmerten schwach am Horizont. Da drehte der alte Mann plötzlich den Kopf und schaute zurück. Er hatte dies mehrere Male getan, seitdem wir die Lagune verlassen hatten.

Er hob den Arm und deutete. Mit leiser Stimme sagte er: »El Diablo.«

Ich schaute hin und sah weit hinten den geisterhaften Schimmer flügelähnlicher Flossen.

»Ein Manta«, sagte ich, »aber nicht El Diablo. Es ist einer, den ich schon einmal in dieser Gegend gesehen habe. Letzte Woche...«

»Es ist El Diablo«, unterbrach mich der Alte.

Er hob sein Paddel und stieß es mit einem Ruck ins Wasser, und das Kanu änderte den Kurs.

»Wir fahren nach Pichilinque«, sagte er.

»Aber La Paz ist nicht mehr weit«, sagte ich.

»Zu weit«, entgegnete der Alte. »Wir kämen nie bis nach La Paz.«

In fliegender Eile begann er zu paddeln, und das Kanu flog über das Wasser. Ich suchte nach Worten, um die Todesangst, die ihn gepackt hatte, zu beschwichtigen, doch ich fand keine. Für ihn war El Diablo ein wirkliches Wesen, und jetzt verfolgte uns das Ungeheuer, um die Perle, die ich gestohlen hatte, wieder an sich zu bringen. Ich paßte mich also dem Takt seines Paddels an und dachte dabei an die große Himmelsperle, die ich auf der Innenseite meines Hemds verwahrt hatte. Ich dachte an den Sevillano und wie ihm die Augen aus dem Kopf fallen würden, wenn er sie sah. Und ich fragte mich, was mein Vater sagen würde und alle Leute in der Stadt.

Wir erreichten die Einfahrt zur Pichilinque-Bucht. Der alte Mann sagte: »Siehst du den Diablo?«

»Nein. Ich habe Ausschau gehalten und sehe ihn nirgends.«

Im gleichen Augenblick krachte es donnernd rings um das Kanu. Es war, als ob der Himmel über uns auseinandergeborsten wäre. Dann erhoben sich links und rechts von uns Berge von Wasser, die über unseren Köpfen zusammenschlugen und die Luft mit Gischt erfüllten. Ein Stöhnen folgte, ein Bersten von Balken, und das Kanu flog steil in die Höhe und neigte sich zur Seite, und ich rutschte langsam der Länge nach ins Meer. Noch im Rutschen fühlte ich mich in meine Kindheit zurückversetzt. Ich hörte meine Mutter sagen: »Der Manta Diablo ist größer als das größte Schiff im Hafen. Er hat sieben Reihen von Zähnen.«

Ich konnte den alten Mann nicht sehen, doch von weitem hörte ich ihn rufen. Mein erster Gedanke galt der Perle. Ich steckte die Hand in den Hemdausschnitt, tastete und fand sie und begann auf die Küste zuzuschwimmen.

Der alte Mann schwamm schon vor mir her. Ich kroch aus dem Wasser und richtete mich auf und hielt die Perle in die Höhe, um ihm zu zeigen, daß sie in Sicherheit war.

»Wirf sie zurück«, rief er. »El Diablo wartet auf die Perle und wird nicht ruhen, bis er sie hat. Er ist jetzt dort draußen.«

Die Bucht lag still da. Ich sah nichts außer dem zersplitterten Kanu, das im Mondlicht dahintrieb. Vom Manta keine Spur, und doch wußte ich, es war ein Manta gewesen, der unser Kanu – ob aus Zufall oder mit Absicht – zertrümmert hatte, denn das Vermillon-Meer wimmelt von diesen Seeungeheuern.

»Wir haben die Perle«, sagte ich, »und wir sind am Leben, wenn auch sehr naß, und wenn wir jetzt aufbrechen, können wir am frühen Morgen in La Paz sein.«

»Ich gehe nicht mit der Perle nach La Paz«, sagte der Alte. »Ich bleibe hier, bis es Morgen wird, und suche das Kanu. Und die Perle gehört dir. Ich habe sie nicht gefunden, und sie ist nicht mein Eigentum.«

Er wich vor mir zurück, als hielte ich eine Schlange in der Hand.

»Du wirst dich anders besinnen«, sagte ich. »Die Perle ist viel Geld wert.«

»Nie werde ich mich anders besinnen«, antwortete er.

»In der Muschel an der Lagunenbucht liegen noch drei Perlen«, sagte ich. »Ich vergaß sie mitzunehmen.«

»Die werfe ich ins Meer«, sagte er.

»Wie du willst«, sagte ich.

»Und du solltest auch die große ins Meer werfen«, sagte der Alte. »Tust du das nicht, so holt der Manta Diablo sie eines Tages und dein Leben dazu. Ich warne dich.«

Wir sagten einander Lebewohl, und ich folgte dem Pfad

der Küste entlang und den Lichtern der Stadt entgegen. Die Perle hielt ich fest in der Hand. Der Pfad, der nach La Paz führte, war rauh und drei Meilen lang, dennoch erreichte ich die Stadt, ehe der Morgen graute.

Zuerst ging ich ins Kontor der Firma Salazar und Sohn und sperrte die Tür hinter mir ab. Ich wickelte die Perle aus dem abgerissenen Hemdzipfel und legte sie auf ein Stück Samt und zusammen mit dem Samt auf die Waage. Die Perle wog 62,3 Karat.

Danach verließ ich das Kontor und schritt den Malecón hinauf. Unter dem Hemd trug ich die Perle. Über den Bergen zog der Morgen herauf, auf den Straßen waren schon Menschen zu sehen, ich grüßte sie daher, wie ich es immer tue, und blieb sogar stehen, um mit der Frau zu plaudern, die draußen vor dem Calabozo heiße Schokolade verkauft.

Unser Haus steht an der Plaza und hat ein großes eisernes Hoftor, das nachts von innen verriegelt wird. Ich zog am Glockenstrang, und als eines der Indianermädchen öffnete, sagte ich Guten Morgen und schlenderte zur Küche und aß eine riesige Schüssel voll Maismus, als ob nichts geschehen wäre, als ob die schönste Perle, die jemals im Vermillon-Meer gefunden worden ist, nicht in meinem Hemd versteckt gewesen wäre.

Ich ging in mein Zimmer, schob die Perle unter das Kopfkissen und legte mich hin, um zu schlafen. Ich versuchte gelassen und ruhig zu bleiben. Ich versuchte, nicht an die Perle zu denken oder an das, was mein Vater sagen würde, oder an den Sevillano. Doch der halbe Morgen verstrich ohne Schlaf, und während ich so dalag, fiel mir plötzlich ein, daß ich die Tür zum Kontor abzuschließen vergessen hatte, daher stand ich auf und steckte die Perle wieder unter mein Hemd und ging wieder den Hügel hinunter.

Als ich am Calabozo vorbeikam, winkte mir die Frau, die Schokolade verkaufte. Manchmal hatte sie kleine Perlen zu verkaufen. Außerdem hatte sie eine lange Nase, die alle möglichen Dinge witterte. »Du wanderst heute morgen aber fleißig auf und ab«, sagte sie.

»Es ist ein schöner Morgen zum Spazierengehen«, erwiderte ich.

Sie winkte mich näher. »Kennst du Cantú, den Fischer, der in Pichilinque wohnt?«

Ich nickte.

»Also dieser Cantú, ein verrückter Mensch, kam eben vorüber und sagte, jemand habe eine große Perle gefunden. Hast du schon davon gehört?«

»Jede Woche wird eine große Perle gefunden«, sagte ich, »und jede Woche ist die Geschichte erlogen.«

Ich wollte nicht, daß sie oder sonst jemand von der Perle erfuhr, ehe mein Vater zurückkam. Er war es, der entscheiden sollte, wie und wann die Stadt die Neuigkeit erfahren würde. Es schickte sich nicht für seinen Sohn, ihn um diese Ehre zu bringen, deshalb verbeugte ich mich respektvoll und ging eilends weiter.

Als ich um die Ecke und in den Malecón bog, sah ich, daß es vor dem Kontor der Firma Salazar und Sohn einen Menschenauflauf gab. Ich beschloß, umzukehren und nach Hause zu gehen, aber jemand rief: »Hola, Ramón!«

Alle drehten die Köpfe nach mir um, und ich wußte, wenn ich jetzt nach Hause ginge, würden sie mir folgen, daher ging ich weiter und bahnte mir einen Weg durch die Menge.

Ein Dutzend Stimmen schrie: »Die Perle. Die Perle.«

Ein anderes Dutzend schrie: »Zeig sie her!« Ich heuchelte Überraschung. »Welche Perle?« fragte ich.

Ich verwarf die Hände und blickte verständnislos drein und betrat das Kontor, versperrte die Tür und legte die Perle in den Tresor und setzte mich ans Schreibpult. Nach einer Weile spähte ein Knabe durch den Mauerschlitz. Er stand auf den Schultern eines anderen und schaute herein und begann der Menge zu berichten, was er sah. Ich öffnete das Register, und er erzählte es weiter. Ich schrieb etwas in das Buch, und auch das erzählte er weiter. Die Menge vor dem Haus schwoll an, bis sie gegen Mittag die ganze Straße füllte. Der junge Späher am Mauerschlitz wurde müde und verschwand. Ich aber blieb an meinem Pult sitzen und schrieb, was mir gerade einfiel, und dabei dachte ich an die große Perle und hoffte, die Fischerflotte würde zurückkehren, ehe es für mich Zeit wurde, das Kontor zu verlassen und der Menge wieder gegenüberzutreten.

Die Flotte segelte um zwei Uhr in den Hafen. Mein Vater muß sich über die Menschenansammlung gewundert haben, denn er sprang als erster an Land. Er kam vom Strand heraufgelaufen, und als ich die Tür öffnete, stürzte er ins Kontor, atemlos und Schlimmes befürchtend.

»Was ist geschehen?« fragte er.

Der Knabe schaute wieder durch den Schlitz, trotzdem öffnete ich den Tresor und nahm die Perle heraus und hielt sie meinem Vater entgegen.

»Das«, sagte ich.

Mein Vater nahm sie in die Hand. Er ließ die Perle auf seiner Handfläche kreisen und sagte nichts, als könne er nicht glauben, was er sah.

»Das ist keine Perle«, sagte er.

trifft.« Er hielt die Perle ans Licht. »Schau her, und du wirst den winzigen Fehler sehen. Er befindet sich in der ersten Schicht oder unmittelbar darunter, ich kann es nicht mit Sicherheit sagen.«

Ich hatte den Fehler schon gesehen, doch weil ich ihn nicht sehen wollte, hatte ich beschlossen, er sei zu klein, um ernstgenommen zu werden. »Wenn du die Perle abfeilst«, sagte ich, »so stellt sich vielleicht heraus, daß der kleine Sprung tiefer dringt, als du denkst.«

»Dringt der Sprung tiefer, so ist es keine große Perle«, sagte mein Vater. »Was ziehst du vor, die Königin der Perlen oder eine, die nur gut ist?«

»Die Königin«, sagte ich. Dennoch wollte ich nicht, daß er an der Perle herumfeilte, denn ich hatte schon manche schöne Perle durch dieses Feilen zugrundegehen sehen.

»Reicht der Sprung tief, so haben wir nichts mehr«, sagte ich. »Jetzt ist der Fehler klein, und wer auch immer die Perle kauft, der entdeckt ihn vielleicht nie.«

»Den Sprung wird jeder als erstes sehen«, erwiderte mein Vater. »Und selbst wenn die Perle über sechzig Karat wiegt und rund ist und von seltenem Glanz und seltener Farbe, so wird man immer nur von dem Fehler sprechen. Also hol eine zweite Lampe her und schraub den Docht an dieser da höher, und während du das tust, bete zu Gott, damit er meine Hand mit dem Messer führe.«

Ich schraubte den Docht höher und zündete eine zweite Lampe an, doch ich tat es mit lautem Herzklopfen. Von der Plaza her hörte man Gesang, und durch das Fenster konnte ich die brennenden Fackeln sehen. In wenigen Augenblicken, dachte ich bange, würde es nichts mehr zu feiern geben, weder für die Stadtbevölkerung noch für mich noch für irgendwen.

Ich begann zu beten, doch irgendwie wollten die Worte nicht kommen. Ich hörte immerzu den alten Mann sagen: »Der Manta Diablo wird sie holen, der Manta Diablo wird sie eines Tages zurückholen.« Ich starrte auf die Perle und auf das Messer, das daneben lag. Würden Soto Luzons Worte wahr werden? Würde das Messer, das mein Vater nun gleich ansetzte, die Perle für immer zerstören?

Mein Vater griff nach dem kleinen schmalen Messer mit der leicht gewölbten Klinge. Er nahm die Perle fest in die eine Hand und atmete tief ein und hielt den Atem an und legte die Messerklinge an die Perle. Es gab ein kaum hörbares wisperndes Geräusch, als das Messer die Oberfläche anritzte. Dann löste sich ein Stück Schale von der Perle, dünner als das dünnste Blatt Papier, und wurde langsam, langsam immer größer und fiel nach einer Weile, die mir wie eine Stunde vorkam, auf die Tischplatte.

Das Singen draußen war lauter geworden, doch in der Werkstätte war es still bis auf das Geräusch, das mein Vater machte, als er wieder zu atmen begann. Er legte das Messer hin und hielt die Perle unter die Lampe und betrachtete sie lange. Ich forschte in seinem Gesicht nach irgendeinem Zeichen, das bestätigte, daß der Fehler entfernt war. Sein Gesicht veränderte sich nicht.

Meine Kehle war trocken und von Furcht wie zugeschnürt. »Was siehst du?« würgte ich heraus.

Er antwortete nicht, denn meine Worte waren ein heiseres Gestammel, das niemand verstehen konnte. Endlich schüttelte er den Kopf und griff wieder nach dem Messer. Ich trat ans Fenster. Ich blickte zum Nachthimmel hinauf und begann zu beten. »Komm her und schau zu«, sagte er. »Vielleicht mußt du das später einmal selber machen.«

Ich kehrte zum Tisch zurück und beugte mich vor und

»Doch«, sagte ich, »es ist eine Perle!«

Mein Vater starrte mich an. »Das ist ein Scherz«, sagte er. »So ein Ding gibt es in keinem Meer der Welt.« Er betrachtete das Ding. »Du hast sie selber angefertigt. Du hast Blasenperlen genommen und sie zusammengeschweißt und sie auf dem Rad geglättet. Du bist ein sehr geschickter junger Mann, Ramón.«

»Ich habe nichts geschweißt«, sagte ich. »Es ist eine Perle. Ich habe sie gefunden.«

Der Knabe, der uns durch den Schlitz beobachtete, teilte der Menge kreischend mit, was ich gesagt hatte. Ein hundertfacher Schrei ertönte von der Straße. Mein Vater drehte die Perle in seiner Hand und hielt sie ans Licht und drehte sie dann langsam von neuem. Dann öffnete er die Tür und hielt die Perle hoch, so daß die Sonne darauf fiel und alle sie sehen konnten.

Stille senkte sich über die Menge. Man hörte keinen Laut außer dem Plätschern der kleinen Wellen am Strand. Dann schloß mein Vater die Tür und schaute mich an und sagte: »Madre de Dios!« Er sagte diese Worte dreimal hintereinander und setzte sich nieder und starrte auf die große schwarze Perle, die seine ganze Hand ausfüllte.

# 8

Als mein Vater und ich an jenem Abend nach Hause gingen, war es wie an einer Parade. Die Kunde von der Riesenperle, gefunden von Ramón, Sohn des Blas Salazar, hatte sich durch die Stadt verbreitet. Es war, als hätte jemand die Nachricht mit Feuerbuchstaben an den Himmel geschrieben.

Bauern von den Hügeln, Müßiggänger, Fischer, Perlentaucher, Kaufleute aus ihren Läden, Frauen und Kinder von überallher, sogar Pater Gallardo von der Kirche, nicht aber der Sevillano, alles nahm teil an dem Festzug, der uns den Malecón entlang und den Hügel hinauf zur Plaza begleitete. Einige trugen Fackeln, und alle sangen und schrien zur Feier der großen schwarzen Perle. Denn die Stadt La Paz lebt von der Perlenfischerei und vom Perlenverkauf, und deshalb ist jedermann in der Stadt und auf dem Land irgendwie mitbeteiligt, wenn das Meer einem von uns Glück bringt.

Die Menge folgte uns bis zu unserem Hoftor, und als wir hineingingen, überflutete sie die Plaza und wurde immer größer, je mehr Leute die Neuigkeit erfuhren.

In unserem Haus gibt es eine kleine Werkstätte, wo mein Vater die Perlen umformt, die nicht vollkommen sind, und hierher brachte er die große Perle. Er schloß die Tür, damit die indianischen Dienstboten nicht sehen konnten, was er zu tun gedachte.

Zuerst legte er die Perle auf die Waage und wog sie mit den Kupfergewichten. »Sie wiegt 62,3 Karat, wie du mir gesagt hast«, sagte er, »und sie ist um und um rund. Aber geirrt hast du dich, was ihre Vollkommenheit be-

Die vier Männer trugen ernste Mienen zur Schau und sie legten ihre Zangen auf den Salontisch und stellten die Waage daneben und auch ihre braune Krokodiltasche. Sie setzten sich und falteten die Hände und sagten nichts.

Dann sprach mein Vater: »Die Tasche ist sehr klein, meine Herren. Ich fürchte, sie enthält nicht genügend Geld, um damit die Himmelsperle zu kaufen.«

Den vier Händlern gefiel das nicht. Einer von ihnen, er hieß Arturo Martín, war groß und sah aus wie ein Faß und hatte kleine weiße Hände.

»Ich habe gehört, die Perle sei so groß wie eine Pampelmuse«, sagte er. »Wenn das stimmt, haben wir mehr Geld bei uns, als wir brauchen. Sie wissen wie ich, daß große Perlen wenig Wert haben.«

»Sie leben nicht lange, diese Riesenperlen«, sagte Miguel Palomares, der ebenso dick war wie Martín und eine Glatze hatte, die glänzte. »Sie sterben oft oder werden matt, ehe ein Jahr um ist.«

»Das gleiche trifft auf manche kleine Perle zu«, sagte mein Vater. »Wie zum Beispiel die rosarote, die uns Señor Palomares vor einem Monat verkaufte.«

Señor Palomares zuckte die Achseln.

»Ehe ich Ihnen die Himmelsperle zeige«, fuhr mein Vater fort, »will ich Ihnen den Preis nennen. Er beträgt zwanzigtausend Pesos, nicht mehr und nicht weniger.«

Die vier Männer schauten einander an und lächelten ein dünnes Lächeln, wie um zu sagen, sie hätten bereits beschlossen, wieviel sie bezahlen wollten.

Mein Vater verließ das Zimmer und kam mit der Perle zurück, die in ein Stück weißen Samt eingeschlagen war. Er legte sie vor die vier Händler auf den Tisch.

»Hier, meine Herren!« Mit einer schwungvollen Gebärde enthüllte er die Perle und trat zurück, damit jedermann sie sehen konnte. »Die Perle des Himmels!«

Die große Perle fing das Licht auf, sammelte es ein und dämpfte es zu einem dunklen Feuermond. Keiner der Händler sprach.

Nach einer Weile sagte Señor Martín: »Es ist, wie ich befürchtet habe, eher eine Pampelmuse als eine Perle.«

»Sie ist tatsächlich ein Monstrum«, sagte Señor Palomares. »Genau die Art, die meist ein kurzes Leben hat und sehr schwer verkäuflich ist.«

Einer der Händler, der noch nicht gesprochen hatte, räusperte sich und sagte: »Trotzdem wollen wir ein Angebot machen.«

Die anderen Händler nickten feierlich.

»Zehntausend Pesos«, sagte Martín.

Señor Palomares streckte eine kleine weiße Hand nach der Perle aus und prüfte sie eingehend.

»Mir scheint, ich sehe einen Fehler«, sagte er nach einer langen Pause. »Zehntausend ist zu hoch.«

»Es gibt keinen Fehler«, sagte mein Vater. »Und der Preis, meine Herren, bleibt zwanzigtausend.«

Die große Perle wurde umhergereicht, und alle vier Händler drehten sie auf ihren Handflächen und prüften sie aus zusammengekniffenen Augen. Zum Schluß nahm Señor Martín die Zange und legte die Perle auf die Waage. Er las das gleiche Gewicht ab wie ich, oder beinahe.

»Elftausend Pesos«, sagte er.

»Gefordert werden neuntausend mehr«, antwortete mein Vater. »Eine solche Perle haben Sie in Ihrem ganzen Leben noch nie gesehen und werden Sie auch nie mehr sehen.«

»Zwölftausend«, sagte Señor Palomares.

schaute zu, während ich weiter für das Leben der großen schwarzen Perle betete und das Messer seinen langsamen, endlosen Kreis zog. Dann fiel ein Stück Schale, durchsichtig wie eine Hostie, auf den Tisch und blieb dort matt im Lampenlicht liegen.

Mein Vater hielt die Perle nochmals unter die Lampe und drehte und wendete sie und prüfte sie von allen Seiten. Plötzlich schwang er sie hoch über seinen Kopf, als ob er sie der ganzen Welt zeigen wollte.

Dann reichte er mir die Perle und sagte: »Der Fehler ist verschwunden. Du hältst in deiner Hand die Perle des Weltalls. Die köstlichste aller Perlen. Die große Perle des Himmels!«

# 9

Ich sagte schon, daß es in unserer Stadt La Paz vier Perlenhändler gibt, Salazar und Sohn nicht eingerechnet. Natürlich gibt es noch viele andere, die ein paar kleine Perlen auf der Straße verkaufen, wie die Frau beim Calabozo. Doch jene vier kaufen und verkaufen die kostbaren Perlen, die aus dem Vermillon-Meer stammen.

Ungefähr eine Woche nachdem mein Vater die Perle geschält hatte, kamen die vier Männer in unser Haus. Zuerst hatte mein Vater davon gesprochen, daß er die große Perle nach Mexico City bringen würde, doch das hatte er schon einmal mit einer seltenen Perle getan, und die lange Reise war ein Mißerfolg gewesen, weil die Händler dort sehr gerissen sind. So beschlossen wir, die Himmelsperle den Händlern in La Paz zu verkaufen. Zwar konnte keiner von ihnen den Preis bezahlen, auch nicht zu zweit oder zu dritt; alle vier zusammen aber brachten wohl die Summe auf, die wir verlangen wollten.

Sie kamen am frühen Nachmittag in ihren besten schwarzen Anzügen und sie brachten Waagen und Zangen und ihr Geld in einem Krokodillederbeutel mit. Die Aufregung in der Stadt hatte sich nach zwei Tagen gelegt, aber als bekannt wurde, daß die Händler zu Salazar gingen, um die große schwarze Perle zu kaufen, folgte ihnen eine große Volksmenge bis zu unserem Tor, wo die Leute wartend stehen blieben. – Meine Mutter und meine beiden Schwestern waren aus Loreto zurückgekehrt, denn auch sie hatten die Neuigkeit erfahren, und deshalb war der Brunnen im Innenhof aufgedreht, und der Salon war mit Blumen geschmückt, und alle Möbel glänzten.

Von da an und während fast einer Stunde stieg der von den Händlern gebotene Kaufpreis um jeweils zweihundertundfünfzig Pesos, bis er die Summe von fünfzehntausend Pesos erreicht hatte. Und dann begannen sich die Gemüter zu erhitzen, und meine Mutter brachte einen Krug mit kühlem Fruchtsaft und eine Schüssel voll Buñuelos. Ich wußte, daß sie das Angebot der Händler annehmen wollte, denn von dort, wo ich stand, konnte ich sehen, wie sie meinem Vater durch die offene Tür Zeichen gab. Sie träumte von einer wunderschönen roten Kutsche mit einem Gespann von vier weißen Pferden, die sie in Loreto gesehen hatte, und jetzt fürchtete sie, ihr heißer Wunsch würde zerrinnen, wenn mein Vater den Preis nicht herabsetzte.

Señor Martín wischte sich den Mund ab und sagte: »Fünfzehntausend Pesos sind unser letztes Angebot.«

»Schön«, sagte mein Vater, »dann bringe ich die große Perle nach Mexico City und verlange dort das Doppelte und verkaufe sie ohne zu feilschen dem Händler, der ihren wahren Wert erkennt.«

Señor Palomares nahm die Perle vom Tisch und legte sie wieder hin. Sein kleiner Kopf war tief in den Falten seines fetten Nackens vergraben. Plötzlich stieß dieser Kopf vor wie der Kopf einer Schildkröte, und er schaute zu meinem Vater empor, der im Zimmer auf- und abging.

»Wenn Sie sich erinnern«, sagte er, »so haben Sie schon einmal die lange Reise nach Mexico City unternommen. Und was fanden Sie dort? Sie fanden heraus, daß die Händler mit ihrem Geld nicht so großzügig um sich werfen wie wir hier in La Paz. Und Sie kehrten von Ihrer langen Reise zurück wie ein begossener Hund.«

Señor Palomares erhob sich, und die anderen folgten seinem Beispiel.

»Fünfzehntausendzweihundertundfünfzig Pesos«, sagte er. »Das ist unser allerletztes Wort.«

Was Señor Palomares über die Reise nach Mexico City sagte, gefiel meinem Vater ganz und gar nicht, denn es hatte lange genug an ihm genagt. Und auch das Bild, das Palomares heraufbeschwor, wie er, Salazar, wie ein begossener Hund heimkehrte, behagte ihm keineswegs. Er blieb stehen und winkte mich zu sich.

»Geh zur Kirche«, sagte er, »und bring Pater Gallardo her. Was immer er auch tun mag, sorge dafür, daß er kommt. Lauf schnell!«

Ich lief zur Tür hinaus und über die Plaza und an der schweigenden Menge vorbei, ohne zu wissen, worin der Sinn meines Auftrags bestand. Ich traf Pater Gallardo beim Mittagsschläfchen an. Mit einiger Mühe konnte ich ihn wachbekommen und in unser Haus schleppen. Als wir den Innenhof betraten, hörte ich eben Señor Martín sagen: »Wir erhöhen um fünfhundert«, und mein Vater antwortete: »Der Preis ist zwanzigtausend Pesos.«

Alle schwiegen, als wir hereinkamen. Die vier Händler, die ihre Köpfe zusammengesteckt hatten, blickten auf. Señor Palomares hielt die Perle in der Hand, und mein Vater trat auf ihn zu und nahm sie ihm weg. Darauf wendete sich mein Vater dem Priester zu und verneigte sich.

»Hier ist die Himmelsperle«, sagte er. »Mein Sohn und ich übergeben sie Ihnen, damit Sie sie der Madonna schenken, Unserer Lieben Frau vom Meer, die sie für immer tragen und behalten möge.«

Ein Schrei ertönte aus dem Vorraum. Ich glaube, es war

meine Mutter, die schrie, es könnte aber auch meine Schwester gewesen sein, denn sie hatte ebenfalls von Dingen geträumt, die sie kaufen wollte. Dann packten die vier Männer schweigend ihre Instrumente zusammen und nahmen die mit Geld gefüllte braune Krokodiltasche und setzten ihre Hüte auf und verließen das Zimmer. Als Pater Gallardo die große Perle in die Hand nahm, stolperte er über sein langes Gewand und begann zu stottern. Was mich betrifft, so hatte ich mir nichts besonderes gewünscht, deshalb schaute ich meinen Vater an und empfand Stolz beim Gedanken, daß er die vier Händler überlistet hatte.

Danach fand Pater Gallardo die Stimme wieder, und er bemühte sich, ruhig zu sprechen.

»Wir werden die Perle feiern«, sagte er. »Es wird die schönste Feier sein, die La Paz jemals erlebt hat.«

Doch meine Mutter freute sich weder über die verschenkte Perle noch über den Gedanken, sie auch noch zu feiern. Sie kam in den Salon gelaufen, nachdem Pater Gallardo gegangen war, und in ihren Augen standen Tränen.

»Die wunderschöne Perle ist fort«, schluchzte sie.

»Nicht fort«, sagte mein Vater. »Sie wird in der Kirche sein, wo jedermann sie sehen kann. Auch du kannst hingehen und sie dir ansehen.«

»Ich will sie nie wieder sehen«, rief meine Mutter. »Die Madonna hat viele Perlen. Du hättest ihr auch eine kleinere schenken können.«

»Weil sie nur kleine Perlen hat, schenke ich ihr eine große«, sagte mein Vater.

Meine Mutter trat zu ihm und schaute zu ihm auf und wischte sich die Tränen aus den Augen.

»Das ist nicht der wahre Grund«, sagte sie. »Du hast

die Perle verschenkt, weil du dich über die Händler ärgertest. Du gabst sie weg, um sie zu ärgern.«

»Nein, es war ein Geschenk des Hauses Salazar«, sagte mein Vater stolz. »Und um dieses Geschenkes willen, um der großen Perle willen, der größten, die jemals im Vermillon-Meer gefunden worden ist, wird dem Haus Salazar die Gunst des Himmels zuteil werden, heute und immerdar.«

Meine Mutter sagte nichts mehr, aber als Pater Gallardo seine Feier veranstaltete, hatte sie Kopfschmerzen und blieb zu Hause.

# 10

Pater Gallardos Feier fand fünf Tage später statt. Die Kirche war in ein Meer von Kerzenlicht getaucht, und Blumen bedeckten den Altar, und die Luft roch süß nach Weihrauch. Die junge Madonna stand in ihrer Nische, gekleidet in ein Gewand aus weißem Satin und mit einem Kranz aus Gänseblümchen im Haar. In ihrer ausgestreckten Hand lag die große schwarze Perle.

Die Kirche war voll, und die Menschenmenge ergoß sich durch das große Portal und über die Plaza. Noch nie hatte unsere Stadt La Paz so viele Menschen beisammen gesehen. Sie kamen zu Fuß oder auf Ochsen reitend oder zu Pferd; sie kamen zum Teil von weit her, von Loreto im Norden und von Santo Tomáso im Süden. Sie kamen sogar im Kanu von den kahlen Inseln des Vermillon-Meers. Auch eine Gruppe von Indianern aus den wilden Barrancas der Sierra Morena war gekommen, in Kleidern aus Kaninchenhäuten. Darüber freute sich Pater Gallardo besonders. »Die Perle hat ein Wunder gewirkt«, sagte er. »Seit vielen Jahren versuche ich diese Wilden in meine Kirche zu locken, doch bis heute war alles umsonst.«

Nach dem Gottesdienst wurde die Madonna auf eine blumengeschmückte Sänfte gehoben und zweimal rings um die Plaza getragen. Danach trugen sie sie ans Meer hinunter, damit sie die Salazar-Flotte segnete.

Das mit dem Segnen war eine Idee meines Vaters gewesen. Es sollte meiner Mutter zeigen, daß die große schwarze Perle schon jetzt die Gunst des Himmels erlangt hatte, und es sollte ein Zeichen dafür sein, daß das Haus Salazar stets gedeihen würde.

Und dies ist der Grund, weshalb die Madonna zur Küste hinuntergetragen wurde, und an der Küste stand Pater Gallardo neben der Madonna, umgeben von der Volksmenge. Auf dem spiegelglatten Wasser in der Bucht schwankten unsere fünf blauen Boote, jedes frisch gestrichen und mit leuchtenden Papierschlangen geschmückt.

»Wir erflehen Deinen Schutz für diese Schiffe«, sagte Pater Gallardo mit erhobenen Armen. »Führe sie eilig zu den Perlengründen und bring sie heil zurück. Wir bitten Dich um Deinen Segen für das Haus Salazar, das unserer Kirche an diesem Tag so viel Ehre erwiesen hat. Mögen seine Angehörigen eine zweite, ebenso große Perle finden wie die, welche sie Dir geschenkt haben.«

Nachdem Pater Gallardo die Flotte gesegnet hatte, wurde die Madonna wieder durch die Straßen getragen. In ihrer Hand lag die Perle des Himmels, so daß jeder sie noch einmal sehen konnte. Und für die Massen, die sich um die Madonna und ihre Perle drängten, während sich die Prozession zur Kirche zurückbewegte, war es ein herrlicher Tag. Denn auch ihnen gehörte die Perle, denen, die wenig, und denen, die nichts besaßen, einem jeden von ihnen gehörte sie, ein Traum für den Rest ihres Lebens.

Als die Madonna wieder in ihrer Nische stand, kniete ich vor ihr nieder und sagte Dank dafür, daß ich die Perle gefunden hatte, die jetzt so vielen Menschen teuer geworden war als ihr Eigentum. Und wenn ich mir beim Verlassen der Kirche einen Augenblick lang alle die Boote vorstellte, die man mit dem Erlös aus dem Verkauf der Perle hätte kaufen können, so war dies ein Gedanke, der rasch verflog.

Der Sevillano rief meinen Namen. Er stand draußen vor der Kirche und er trug eine enganliegende Hose und ein zerknittertes Hemd, das offen stand und die Tätowierungen auf seiner Brust sehen ließ. »Nun, Kamerad«, sagte er, »das war heute ein großer Tag, fast so großartig wie der Tag, an dem ich die Perle im Golf von Persien fand. Ich habe viele Geschichten über deine Perle gehört, aber wie viel wiegt sie nun wirklich?«

Ich nannte ihm das genaue Gewicht, wohl wissend, daß die Perle, die er gefunden hatte, größer sein würde, was immer ich auch sagte.

»Die Perle vom Golf«, sagte er, »war schwerer. Stell dir eine vor, die deine beiden Hände füllt, und das war die Perle, die ich dem Schah von Persien verkaufte.«

»Ein gutes Stück«, sagte ich und war selbst überrascht, als ich erkannte, daß meine Gefühle gegenüber dem Sevillano nicht mehr die gleichen waren. Ich ärgerte mich nicht mehr über seine Angeberei oder jedenfalls nicht halb so sehr wie früher. Und nachdem ich im Vermillon-Meer getaucht war und die große schwarze Perle gefunden hatte, konnte er auch nicht mehr behaupten, ich hätte nichts geleistet oder ich sei ein Feigling.

»Wie schwer war sie denn?« fragte ich ihn.

»Das habe ich vergessen«, sagte er, seine Schuhe musternd und plötzlich nicht mehr an Gewichten interessiert. »Sag mal, hat deine Perle keinen Fehler?«

»Es ist nicht meine Perle.«

Der Sevillano war ein Spötter und wollte auf diese Weise bekunden, daß er nicht an die Madonna glaubte.

»Klar, weiß ich alles. Aber hat sie einen Fehler, ja oder nein?«

»Sie hat keinen«, sagte ich.

»Auch nicht den kleinsten?«

»Sie hat keinen«, sagte ich.

»Ist sie wirklich und wahrhaftig rund?«

»Ja.«

»Eine runde Perle, die keinen Fehler hat und über sechzig Karat wiegt, erzielt einen Preis von...« Er pfiff durch die Zähne. Dann senkte er die Stimme. »Ich höre, du hast sie in Pichilinque gefunden.«

»In der Nähe«, sagte ich.

Und wenngleich er weiter in mich drang, sagte ich nichts mehr, worauf wir uns mit einem Händedruck trennten. Ich machte mich auf den Heimweg. Die Nacht brach herein. Als ich mich unserem Tor näherte, trat eine Gestalt aus dem Schatten und sagte meinen Namen. Es war der alte Mann von der Lagune, Soto Luzon.

»Wie gefiel dir die Feier?« fragte ich ihn.

Er sprach erst nach einer Weile und nicht, um mir zu antworten.

»Ich sah die Madonna und die Perle«, sagte er. »Ich sah sie über die Plaza und durch die Straßen und zur Küste hinuntergehen und ich hörte die Leute singen.« Er streckte die Hand aus und berührte meine Schulter. »Du bist noch ein Knabe, und es gibt vieles, wovon du nichts weißt. Deshalb muß ich dir erklären, daß die Perle weder der Madonna noch der Kirche noch den singenden Leuten gehört. Sie gehört dem Manta Diablo, und er wird sie eines Tages zurückholen. Ich warne dich allen Ernstes.«

Ich wollte etwas erwidern, doch ohne ein weiteres Wort drehte der Alte sich um und verschwand im Dunkel. Ich dachte nicht mehr an ihn bis zum nächsten Morgen, als mein Vater und ich zum Strand hinuntergingen.

»Ob Luzon mir wohl erlauben wird, in der Lagune nach Perlen zu suchen?« sagte mein Vater. – »Nein, und an deiner Stelle würde ich ihn auch nicht fragen.«

»Die Reise nach Cerralvo ist lang«, sagte mein Vater. »Unsere letzte Fahrt brachte uns wenig Perlen ein, wenn auch mehr als früher. Vielleicht würden wir in der Lagune wieder eine große finden.«

Ich erzählte meinem Vater von der Begegnung mit dem alten Mann am vergangenen Abend und wiederholte, was jener gesagt hatte.

»Luzon ist ein verdrehter alter Indianer«, erwiderte mein Vater.

»Verdreht hin oder her«, sagte ich, »es ist seine Lagune, und er wird dir nicht erlauben, dort zu tauchen.«

# 11

An jenem Morgen machte sich unsere Perlenfischerflotte auf die Fahrt zur Insel Cerralvo. Die Boote glänzten in ihrem frischen Anstrich, und die Papierschlangen, die von den Masten herunterhingen, leuchteten immer noch fröhlich. Sie flatterten im leichten Wind, der von Süden wehte, und der Himmel hatte die gleiche Farbe wie die morgenfrische See. Es war ein prachtvoller Tag, als hätte die Madonna ihn eigens bestellt.

Als ich an jenem Nachmittag das Kontor verließ, war es sehr heiß, weil der Südwind sich inzwischen gelegt hatte. Etwas später kam der kühle Coromuel, der von den Bergen herunterweht. Am Abend aber legte sich auch der Coromuel, und die Luft war so stickig, daß man kaum atmen konnte. Ziehende Wolken erschienen am Himmel, und die Palmen im Hof begannen zu rascheln.

Meine Mutter hörte zu essen auf, trat ans Fenster und blickte hinaus. Wenn mein Vater auf See war, flößte ihr der leiseste Witterungswechsel Angst ein. Blies der Wind, so hatte sie Angst. Blies der Wind nicht oder war der Himmel mit Lämmerwolken bedeckt oder brach ein nebelfreier Morgen an, so hatte sie Angst.

»Der Coromuel weht wieder«, sagte ich.

»Der Coromuel ist kühl«, antwortete sie. »Der Wind in den Palmen ist heiß.«

»Er ist heiß, weil die Nacht heiß ist«, sagte ich wider besseres Wissen. Ich wußte, so begann der Chubasco, der meistgefürchtete Wind auf unserem Vermillon-Meer. »Ich will hinausgehen und nachschauen, aber ich bin sicher, daß es der Coromuel ist.«

Draußen im Hof betrachtete ich den Himmel. Er war sternenlos, und der Wind hatte sich schon wieder gelegt. Dennoch war mir klar, daß der Wind, der in den Palmen geraschelt hatte, kein Bergwind war. Er war aus Südwesten gekommen, denn die Luft roch stark nach Meer.

Ich kehrte ins Haus zurück und aß weiter und bemühte mich angestrengt, heiter zu sein. »Der Himmel ist klar«, sagte ich. »Ich habe noch nie so viele Sterne gesehen. Eine herrliche Nacht auf dem Meer.«

»Die Palmen rascheln wieder«, sagte meine Mutter.

Das leise Geräusch füllte eine Zeitlang den Raum aus, während wir unsere Schokolade tranken. Und dann, als hätten sich die Palmblätter in Eisen verwandelt, klirrte es wie Metall gegen Metall.

Ich sprang auf und wollte durch das Zimmer laufen, um die Tür zu schließen, doch kaum hatte ich zwei Schritte getan, krachte die Tür ins Schloß. Die Kerzenflammen zuckten auf und nieder und erloschen dann unter einer unsichtbaren Hand. Ich versuchte die Kerzen wieder anzuzünden, doch umsonst, durch die vergitterten Fenster wurde die Luft unter lauten Seufzern aus dem Zimmer gesogen.

»Der Wind«, sagte meine Mutter.

»Der Chubasco«, flüsterte meine Schwester.

Ich schaute aus dem Fenster. Kein Stern stand am Himmel, und man hörte nicht einmal mehr das Krachen der Palmzweige. Das Geräusch ging unter im Pfeifen des Windes, das sich jetzt zum Geschrei von tausend aufgeschreckten Möwen steigerte.

»Die Flotte ist gewarnt«, sagte ich. »Sie wird in Pichilinque oder in einer der kleinen Buchten angelegt haben. Es gibt viele Buchten zwischen hier und Cerralvo.«

Meine Mutter erhob sich und versuchte, die Tür zu öffnen.

»Hilf mir!« rief sie.

»Du kämst nicht weiter als bis in den Hof«, erklärte ich ihr. »Nicht einmal so weit, selbst wenn du auf Händen und Füßen kriechst. Der Flotte wird nichts geschehen, mach dir keine Sorgen. Sie hat den besten Kapitän, und er hat schon manchen Chubasco überstanden.«

Das Schreien des Windes wurde so laut, daß wir einander nicht hören konnten. Wir saßen dicht beisammen am Tisch im finsteren Zimmer und versuchten nicht einmal mehr zu sprechen. Die Indianerinnen kamen aus der Küche und setzten sich neben uns auf den Boden. Zwei von ihnen hatten ihre Männer bei der Flotte.

Um Mitternacht tobte der Sturmwind noch immer, doch gegen Morgen ebbte er ab, und als es hell wurde, erstarb er röchelnd wie ein verendendes Tier. Wir machten uns alle auf den Weg zum Hafen, um dort zu sein, wenn die Flotte einlief. Im Hof waren die Blätter von den Palmen gerissen, und Ziegel vom Dach lagen umher, und als wir die Plaza betraten, lagen auch dort Stücke von Dachziegeln.

Der Morgen war grau und heiß. Viele Leute schlossen sich uns an, als wir zum Strand hinuntereilten. Einige hatten ihre Männer oder Brüder bei der Flotte, und alle hatten Freunde. Der Strand war von Meersalzkraut und toten Fischen übersät, und die Boote, die im Hafen vertäut gewesen waren, lagen in wirren Haufen auf dem Ufersand. In der Regel wurden die Boote vor einem Chubasco aus dem Wasser gezogen und an Steinen festgemacht. Aber der Sturm war so plötzlich ausgebrochen, daß keine Zeit dafür blieb.

Pater Gallardo kam in die Bucht gelaufen, kurz nachdem wir dort angelangt waren. Sein weißes Haar stand ihm vom Kopf ab, und er hatte sein Gewand bis zu den Knien hochgeschürzt, dennoch sprach er voll Hoffnung zu uns und versicherte uns, die Boote würden bestimmt bald zurückkehren. »Die Madonna hat über der Flotte gewacht«, sagte er, »und sie ist in Sicherheit. Hier in der Nähe gibt es keine schützenden Buchten, deshalb wird es wohl Nachmittag werden, ehe die Boote den Hafen erreichen können. Kehrt jetzt in eure Häuser zurück im Vertrauen auf die Madonna und wartet.«

Doch niemand verließ den Strand. Der Morgen ging vorbei, und der Nachmittag schleppte sich hin, und dann, bei Sonnenuntergang, sichtete jemand ein Boot weit draußen jenseits der Eidechsenzunge. Das Boot kam näher und bog um die Eidechsenzunge, und ich sah, daß es Soto Luzon mit seinem roten Kanu war.

Der alte Mann zog das Kanu an Land, weit abseits von den Leuten, die sich am Strand versammelt hatten, und setzte sich auf den Boden. Ich ging zu ihm hinüber und fragte ihn, ob er die Flotte gesehen habe.

Er rollte eine Maisblattzigarette und paffte eine Weile lang daraus.

»Ich habe die Flotte nicht gesehen«, sagte er. »Ich werde sie auch nie mehr sehen, so wenig wie du, Señor.«

Zorn befiel mich bei diesen Worten. »Willst du etwa behaupten, der Manta habe die Flotte zertrümmert?«

»Nein, Señor, das will ich nicht behaupten. Es war der Sturm, der die Flotte zertrümmerte, und ihr werdet sie nie wieder sehen.«

»Aber du glaubst, der Manta habe den Sturm herbeigerufen.«

Der Alte antwortete nicht. Wütend schritt ich davon und ließ ihn dort sitzen und kehrte zu den anderen am Strand zurück. Als die Nacht hereinbrach, saß er immer noch dort im Sand, rauchend und wartend.

Wir sammelten Treibholz, zündeten es an und drängten uns um das Feuer. Immer mehr Leute gesellten sich zu uns, und Freunde brachten uns Nahrung und Wasser aus der Stadt. Und Pater Gallardo kam mit einem Kreuz, das er aufrecht in den Sand steckte als Symbol unserer Hoffnung.

Meine Mutter sprach zu ihm: »Mein Mann schenkte der Madonna die große Perle. Sie wird ihn sicher nach Hause bringen, nicht wahr, Vater?«

»Sicher«, sagte er, »denn es war ein sehr kostbares Geschenk.«

Die Nacht war lang, und viele Leute aus der Stadt begannen sich zu entfernen. Wir schürten das Feuer bis zur Morgendämmerung, weil wir hofften, es würde der Flotte den Weg in den sicheren Hafen weisen. Ein klarer neuer Tag brach an, und das Meer lag ruhig zwischen den Landzungen, und die Riffe der fernen Inseln schienen am Himmel zu schweben, so nahe, daß man die Hand ausstrecken und sie berühren konnte.

Kurz nach Sonnenaufgang deutete ein Knabe, der auf der Kaimauer stand, nach Süden. Ich schaute hin und erblickte eine einsame Gestalt, die sich torkelnd der Küste entlang näherte. Erst dachte ich, es wäre irgendein betrunkener Matrose, der sich aus der Stadt hierherverirrt hatte. Er trug kein Hemd, und sein Gesicht war blutüberströmt, und von Zeit zu Zeit fiel er hin, blieb eine Weile liegen und stand dann mühsam wieder auf. Doch als er näherkam, war etwas an ihm, das mir vertraut vorkam.

Ich lief die Böschung hinunter. Es war Gaspar Ruiz, der Sevillano, und als ich ihn erreichte, fiel er vor meinen Füßen zu Boden. Er richtete sich auf und schaute zu mir empor. Nie habe ich in den Augen eines lebenden Menschen ein solches Entsetzen gesehen.

Er öffnete den Mund und schloß ihn wieder und dann sagte er: »Verloren. Die Flotte ist verloren.« Und er fiel in den Sand zurück und begann Worte zu murmeln, die ich nicht verstehen konnte.

# 12

Von den zweiunddreißig Mann der Salazar-Flotte, die an den Klippen von Punta Maldonado zerschellte, blieb nur einer am Leben, der Sevillano. Am vierten Tag nach dem Sturm wurde ein Gedenkgottesdienst für unsere Toten abgehalten. Wieder war die Kirche mit Blumen geschmückt und voll von Menschen aus der Stadt und von den Hügeln, und mancher, der keinen Platz mehr fand, blieb draußen stehen. Jedermann sagte, wie seltsam es sei, daß innerhalb eines einzigen Monats die zwei größten Ereignisse in der Geschichte von La Paz stattgefunden hätten. Das erste war der Fund der großen Perle. Das zweite war der Ausbruch des großen Sturms, der die Flotte zerschlug und so viele Männer in den nassen Tod schickte. Keiner konnte das, was er dachte, in Worte kleiden, doch es gab einige, die das unbestimmte Gefühl hatten, daß die beiden Ereignisse auf irgendeine Weise zusammenhingen.

Ich war einer von diesen. Und als ich neben meiner Mutter kniete, während Pater Gallardo an jenem traurigen Morgen sprach, hörte ich nur mit halbem Herzen, was er sagte.

Meine Augen hingen an der Madonna. Sie stand in ihrer Nische, ganz in Weiß gekleidet, und auf ihrem Gesicht lag ein Lächeln, das liebliche Lächeln, das ich oft an ihr gesehen hatte. Lächelnd schaute sie auf die kniende Trauergemeinde herab, als wäre der Flotte und ihren Männern nie etwas zugestoßen an den Klippen von Punta Maldonado.

Pater Gallardo sprach von meinem Vater und von seinen großzügigen Geschenken an die Kirche, besonders vom Geschenk der wunderbaren Perle. In diesem Augenblick fiel durch ein Fenster ein Lichtstrahl voll auf die Madonna. Er ließ die Perle, die sie in der Hand hielt, aufflammen, so daß sie zu brennen schien, und während ich die Perle betrachtete, begann ich mich zum erstenmal zu fragen, weshalb ein so prachtvolles Geschenk meinen Vater nicht vor dem Sturm beschützt hatte.

Ich grübelte darüber nach, während ich hinter den anderen die Kirche verließ und später, als ich auf der Plaza stand und mit einigen meiner Freunde plauderte, und auch als der Sevillano auf mich zukam und seine Hand auf meine Schulter legte, überlegte ich mir immer noch, weshalb die Madonna und ihre Perle nicht imstande gewesen waren, den Sturm aufzuhalten.

»Die große Perle des Himmels hat uns kein Glück gebracht«, sagte der Sevillano.

Vor diesem Tag hatte ich nie auf seine Spötteleien geachtet, jetzt aber waren seine Worte irgendwie ein Echo dessen, was ich dachte. Dennoch reckte ich mich hoch und erteilte ihm eine scharfe Antwort.

»Dir hat sie jedenfalls Glück gebracht«, sagte ich, »sonst würdest du jetzt nicht hier unter den Lebenden weilen.«

»Das kommt nicht von der Perle«, sagte er. »Ich bin hier, weil ich ein guter Schwimmer bin.«

Während wir so dastanden, ohne uns noch viel zu sagen, sah ich in einiger Entfernung den alten Mann gelassen auf- und abgehen. Von Zeit zu Zeit warf er einen Blick über die sich zerstreuende Menge und auf die Kirche, doch zu mir schaute er nie herüber, er tat, als wüßte er nicht, daß ich da war. Als ich jedoch den Sevillano verließ, hörte ich Schritte und ich drehte mich um und sah ihn keine drei Fuß entfernt hinter mir stehen.

»Ich sage es dir noch einmal«, sagte der alte Mann, »die Perle gehört dem Manta Diablo. Und ich sage es dir, weil du es warst, der die Perle fand.«

Ich gab ihm keine Antwort und verlor mich bald im Menschengewimmel. Ich ging nicht, wie ich mir vorgenommen hatte, nach Hause zu meiner Mutter und meiner Schwester, sondern zurück in die Kirche. Ich dachte mir, daß ich mit Pater Gallardo sprechen und ihm von den Zweifeln erzählen sollte, die mich befallen hatten. Er war nicht in seiner Zelle hinter dem Altar. Ich konnte ihn nirgends finden.

Als ich zu der Nische kam, wo die Madonna stand, kniete ich nieder und schloß die Augen, doch das einzige, woran ich denken konnte, waren die Schiffe, die zerschmettert zwischen den Klippen von Maldonado lagen, und an meinen toten Vater und an die Warnung des alten Mannes. Ich öffnete die Augen und blickte zur Madonna auf. Ich betrachtete die Perle, die sie in der Hand hielt, ausgestreckt, als wünschte sie, daß ich oder ein anderer sie nähme.

Ich erhob mich und warf einen Blick um mich. Die Kirche lag verlassen da. Ich rief Pater Gallardos Namen, bekam aber keine Antwort. Dann streckte ich schnell die Hand aus, ergriff die Perle, hob sie von der Hand der Madonna herunter, steckte sie tief in meine Rocktasche und ging leise durch das Kirchenschiff zur Tür.

Ich hatte das große Portal beim Hereinkommen geschlossen und als ich es jetzt öffnete und hinaustrat, stand ich dem Sevillano gegenüber.

»Ich bin zurückgekommen, um meinen Sombrero zu holen«, sagte er, »sofern ihn nicht schon einer gestohlen hat in dieser Stadt der Diebe.«

Ich trat zur Seite, um ihn vorbeizulassen. Er trat einen Schritt zurück und sah mich an. Es war nur ein kurzer Blick, doch beim Weitergehen fragte ich mich, ob er in dieser einen Sekunde nicht die ausgebeulte Stelle an meiner Rocktasche gesehen hatte, die von der Perle herrührte.

Ich überquerte die Plaza, wobei ich mich mehrmals umwendete, weil ich halb und halb erwartete, der alte Mann würde mir folgen, und als ich bei unserem Tor ankam, war ich darauf gefaßt, ihn zwischen den Bäumen hervortreten zu sehen.

Früh an jenem Abend bemerkte ein Meßdiener, daß die große Perle verschwunden war. Ich wußte, daß jemand den Diebstahl entdeckt hatte, denn die große Kirchenglocke begann zu läuten.

Beim ersten Klang der Glocke ließ meine Mutter, die gerade einen Brief schrieb, die Feder sinken.

»Was bedeutet die Glocke?« fragte sie.

»Sie ruft die Leute zum Gebet.«

»Jetzt ist nicht Betzeit.«

»Dann sind es Buben, die sich im Kirchturm vergnügen«, sagte ich.

Die Glocke läutete weiter, und kurz danach erschien Pater Gallardo atemlos unter der Tür.

»Die Perle ist fort«, rief er. »Fort!«

»Fort?« fragte ich.

»Gestohlen!«

Ich sprang auf und folgte ihm zur Kirche. Vor dem Portal sammelte sich eine Menge Neugieriger an. Er führte mich durch das Kirchenschiff und deutete auf die Nische, wo die Madonna stand. Ihre ausgestreckte Hand war leer. Die Leute waren uns gefolgt, und viele Mutmaßungen darüber, wer die große Perle gestohlen haben könnte, wurden laut. Eine Frau sagte, ein Indianer, den sie kenne, habe die Perle gestohlen. Ein Mann sagte, er habe einen Fremden aus der Kirche laufen sehen.

Während ich ihnen zuhörte und die Frauen weinten und Pater Gallardo die Hände rang, lag es mir auf der Zunge zu sagen: »Ich habe die Perle. Sie ist in meinem Zimmer unter meinem Kopfkissen versteckt. Wartet, ich will sie holen.« Dann dachte ich an die Schiffswracks in Maldonado und wieder hörte ich die Stimme des alten Mannes ihre feierliche Warnung aussprechen, so deutlich, als hätte er dicht neben mir gestanden.

Ich stahl mich hinaus und ging nach Hause und nach dem Abendbrot ging ich, die Perle unter meinem Hemd verborgen, zum Strand hinunter, wobei ich einen Umweg machte, um nicht gesehen zu werden. Ich suchte lange, bis ich ein Boot fand, das einem Mann gehörte, den ich kannte. Es war kein Boot für eine schnelle Fahrt, denn es war zu groß, als daß ich es mühelos hätte handhaben können, doch es gab keine anderen.

Als der Mond aufging, machte ich mich auf den Weg zur Lagune, wo der Manta Diablo lebte, wenn man dem alten Mann glauben wollte, und jetzt glaubte ich ihm beinahe selber.

# 13

Im Morgengrauen erreichte ich die Einfahrt zur Lagune. Es war die Zeit der Flut, doch sie hatte ihren Höhepunkt überschritten, und nur mit Mühe brachte ich das Boot durch den finsteren Kanal.

Als ich zu den beiden Felsklippen kam, die die Höhle bewachen, sah ich, daß die Lagune dahinter unter einem Mantel von rotem Dunst verborgen lag. Er war so dicht, daß ich das jenseitige Ufer, wo der alte Mann lebte, nicht erkennen konnte. Im gleichen Augenblick hörte ich ein Geräusch. Vielleicht auch hörte ich nichts, vielleicht spürte ich nur, daß jemand oder etwas hinter mir war.

Im Lauf der langen Nacht hatte ich selten an den Manta Diablo gedacht und beim Gedanken an ihn keine Furcht empfunden. Ein Wesen, das seine Gestalt verwandeln und ein lebender Mensch werden, in die Stadt und, wie der alte Mann sagte, sogar in die Kirche gehen konnte, dessen Freunde unter den Haien und den Fischen ihm alles berichteten, was sie auf dem Meer sahen oder hörten, ein solches Wesen würde bestimmt wissen, daß ich die große Perle hatte und sie in seine Höhle zurückbrachte. Trotzdem suchte ich, während ich in der Nacht südwärts ruderte, mit den Augen dann und wann die vom Mond beschienenen Wellen nach den riesigen, fledermausähnlichen Umrissen ab, wobei ich jedesmal ein wenig lächeln mußte.

Hinter mir im Dunst vernahm ich wieder das Geräusch. Dann, über dem Zischen der Flut, hörte ich eine Stimme, die ich sogleich erkannte.

»Guten Morgen, Kamerad«, sagte sie. »Du bist aber

ein mächtig langsamer Ruderer. Ich bin dir von La Paz aus gefolgt und habe die halbe Nacht vertrödelt und gewartet, bis ich schließlich einschlief. Trägst du so schwer an der Perle?«

»An welcher Perle?« fragte ich so ruhig wie möglich.

Der Sevillano lachte. »An der großen, natürlich«, sagte er. »Hör zu, spielen wir mit offenen Karten. Ich weiß, daß du die große Perle gestohlen hast. Ich stand an der Tür und sah, wie du sie nahmst, und ich sah auch die Beule an deiner Tasche, als du aus der Kirche kamst. Da wir ehrliche Leute sind und du dich fragen wirst, weshalb ich dich beobachtete, will ich dir gestehen, daß ich dort war, weil ich die Perle selber stehlen wollte. Überrascht dich das?«

»Nein«, sagte ich.

»Zwei Diebe«, sagte der Sevillano und lachte wieder. »Nun da wir beide als Diebe die Wahrheit sagen: hast du die Perle, ja oder nein?«

In dem dichten Dunst konnte ich ihn nicht sehen und ich konnte auch nicht schätzen, wo sich sein Boot befand.

»Und wenn du die Perle nicht hast«, sagte er, »dann sag mir, hast du sie hier gefunden?« Seine Stimme wurde hart. »Gib mir auf meine beiden Fragen eine ehrliche Antwort!«

Jetzt teilte sich der rote Nebel über der Stelle, wo unsere Boote dahintrieben, und die Sonne brach durch. Der Sevillano befand sich zwischen mir und der Höhle des Manta, viel näher, als ich gedacht hatte. In seiner Hand hielt er ein Messer, und die Sonne glitzerte darauf. Wir schauten einander an, und ich erkannte an seinem Gesicht, daß er das Messer benutzen würde, wenn es sein mußte; dennoch sagte ich nichts.

»Du sollst nicht denken, ich mache dir Vorwürfe, weil

du die Perle gestohlen hast«, sagte er. »Bei dem Glück, das sie gebracht hat, hätte man sie ebensogut dem Teufel schenken können. Ich nehme es dir auch nicht übel, wenn du die Stelle, wo du sie gefunden hast, als dein Geheimnis bewahren willst. Aber gib sie her, Kamerad, und dann können wir über andere Dinge reden.«

Er steckte das Messer in seinen Gürtel. Sein Boot kam näher, bis es den Bug meines Bootes berührte. Er streckte die Hand nach der Perle aus.

Die Höhle war dunkel, aber nicht sehr weit entfernt, so daß ich sie deutlich erkennen konnte. Ich nahm die Perle aus meinem Hemd, wie um sie ihm zu geben, doch als er mir die Hand hinhielt, um sie an sich zu nehmen, **schleuderte ich die Perle über ihn hinweg ins Wasser, in den Höhleneingang.**

Was ich tat, war unklug, denn die Perle hatte kaum meine Hand verlassen, da war der Sevillano auch schon im Meer und schwamm unter Wasser. Ich ergriff die Ruder und drehte das schwere Boot gegen die Strömung in der Absicht, zum anderen Ufer der Lagune hinüberzurudern und beim alten Mann Hilfe zu suchen. Ehe ich das Boot ins Gleichgewicht gebracht hatte, tauchte der Sevillano aus dem Wasser, packte eines der Ruder und darauf die Bootswand. In seiner Hand lag die große schwarze Perle. »Du wirfst sie dem Teufel hin, und der Teufel fängt sie auf«, sagte er, über die Bootswand kletternd. »Jetzt wollen wir mein Boot suchen.«

Es war mit der Ebbe abgetrieben. Sein Boot war kleiner als meines, und als wir es einholten, sah ich, daß es mit Proviant für eine Seereise beladen war – Lebensmittel, ein Krug Wasser, eine Angelrute, Haken, eine eiserne Harpune und noch andere Dinge. Der Sevillano kletterte in sein Boot und winkte mir, ihm zu folgen. Da ich nicht wußte, was er nun mit mir zu tun gedachte, rührte ich mich nicht.

»Beeil dich, Kamerad, sonst verpassen wir die Ebbe«, sagte er. »Wir haben noch viele Meilen vor uns.«

»Ich fahre an Land«, antwortete ich ihm. »Ich habe mit Soto Luzon ein Geschäft zu regeln.«

Der Sevillano zog das Messer aus dem Gürtel. Ich blickte zum anderen Ufer hinüber und hoffte, der alte Mann habe unsere Stimmen gehört und sei zur Lagune heruntergekommen, um zu sehen, wer wir waren, doch immer noch verbarg der rote Nebel das Ufer vor meinen Blicken.

Wieder winkte mich der Sevillano zu sich ins Boot, diesmal mit seinem drohenden Messer. Es blieb mir nichts übrig als ihm zu gehorchen.

»Setz dich. Mach es dir bequem«, sagte er, indem er mir ein Paar Ruder reichte.

Er zog sein Leibchen aus, wickelte es um die Perle und ließ sich hinter meinem Rücken nieder.

»Los«, sagte er.

Der Nebel über dem Wasser begann sich zu lichten. Ich warf einen letzten Blick auf das jenseitige Ufer, doch es lag verlassen da. Dann spürte ich, wie die scharfe Spitze des Messers zwischen meine Schulterblätter gedrückt wurde. Ich ergriff die Ruder und begann, ziellos draufloszurudern.

»Zum Meer«, sagte der Sevillano. »Weil wir dorthin fahren. Und warum dorthin? Das wirst du früher oder später ja doch fragen, also sage ich's dir jetzt. Wir fahren zur Stadt Guaymas. Und was tun wir dort? Wir verkaufen die große Perle. Wir verkaufen sie gemeinsam, du und ich, denn der Name Salazar ist den Perlenhändlern von Guaymas bekannt. Und deshalb werden wir sie um das Zehnfache des Betrages verkaufen, den ich bekäme, wenn ich sie allein verkaufen würde.«

Er verstummte und beschäftigte sich mit seinen Rudern. Ich hörte, wie er sie an ihre Haken legte, und dachte, das ist der günstige Augenblick, um über Bord zu gehen und zum nächstliegenden Ufer zu schwimmen. Er mußte meine Gedanken erraten haben, denn wieder spürte ich die Messerspitze an meinem Rücken.

»Da ich nicht gleichzeitig rudern und dich bewachen kann«, sagte er, »mußt du allein rudern, also los, an die Arbeit, Kamerad. Die Ebbe wartet nicht auf uns.«

Langsam zog ich die Ruder an, dieweil mir hundert verzweifelte Gedanken durch den Kopf schwirrten. Doch alles war umsonst, das Messer bedrohte mich von hinten, und ich konnte nichts anderes tun als gehorchen.

Außerhalb des Kanals, auf offener See und zu weit von der Küste entfernt, als daß ich sie schwimmend hätte erreichen können, drehte der Sevillano unser Boot nach Osten und hißte ein zerfetztes Segel.

# 14

Ein kräftiger Wind wehte von Süden, und wir legten an diesem Vormittag eine beträchtliche Strecke zurück. Mittags aßen wir von den Maiskuchen, die der Sevillano mitgebracht hatte, danach legte ich mich zum Schlafen nieder. Als ich gegen Abend erwachte, fragte ich den Sevillano, ob er mir nicht das Steuer überlassen und ebenfalls ein Schläfchen halten wolle.

»Nein«, sagte er grinsend. »Ich habe wenig Vertrauen zu dir, Kamerad. Ich könnte ja nie mehr aufwachen, nicht wahr, und wenn ich es doch täte, so würde ich höchstwahrscheinlich feststellen, daß du das Boot gewendet hast und mit mir nach La Paz zurücksegelst.«

Nichtsdestoweniger schlummerte der Sevillano ein, aber mit einem offenen Auge, die Hand am Messer und die Perle eingeklemmt zwischen seinen bloßen Füßen, deren Zehen so lang wie Finger waren.

Der Wind ließ nach, und als der Mond aufging, sah ich, daß sich achteraus etwas auf dem Meer bewegte. Was ich dort in einer Entfernung von zwei Achtelsmeilen sah, konnte keine Welle sein, denn das Meer war glatt. In dieser Gegend gab es viele Haie, deshalb dachte ich, es seien einige dieser Räuber, die sich an einem Fischschwarm gütlich taten. Bald darauf nahm ich die Bewegung von neuem wahr, und diesmal fiel das Mondlicht auf die Spitzen ausgebreiteter, flügelähnlicher Flossen, die sich hoben und langsam wieder senkten. Es war offensichtlich ein Manta.

Wir hatten an diesem Tag eine ganze Anzahl dieser Kreaturen gesehen. Sie sonnten sich oder sprangen aus Übermut hoch in die Luft, daher achtete ich nicht weiter auf den Manta, der hinter uns herschwamm. Ich schlief ein und erwachte um Mitternacht, geweckt von Geräuschen, die ich geträumt zu haben meinte.

Es waren leise und nicht sehr ferne Geräusche, ähnlich dem Plätschern kleiner Wellen, wenn sie am Strand aufschlagen. Plötzlich wußte ich, daß ich nicht geträumt hatte, denn keine hundert Fuß entfernt und im Mondschein deutlich zu sehen, schwamm ein Riesenmanta hinter uns her.

»Wir haben Gesellschaft bekommen«, sagte ich.

»Ein großer Bursche«, erwiderte der Sevillano. »Ich wünschte, er würde vor uns herschwimmen, dann könnte ich ihn an die Leine nehmen, und wir wären bald in Guaymas.«

Er lachte, als er sich das Bild ausmalte, doch ich blieb stumm und starrte auf den Riesenmanta, der nun dicht am Heck unseres Bootes schwamm. Ich zweifelte nicht daran, daß es der gleiche Manta war, den ich am frühen Abend gesehen hatte.

»Er riecht die Maiskuchen«, sagte der Sevillano.

In der Morgendämmerung schwamm der Manta immer noch hinter uns her. Er war nicht näher herangekommen, er bewegte sich genauso schnell voran wie das Boot, wobei er seine Flossen kaum rührte, eher wie eine durch die Luft schwimmende Fledermaus als wie ein Fisch.

»Erinnerst du dich«, sagte ich zum Sevillano, »wie wir damals vom Perlenfang nach Hause fuhren und wie du ›Manta Diablo‹ riefst und der Indianer einen Schreck bekam? Was würde er sagen, wenn er dieses Ungeheuer hier zu sehen bekäme?«

»Ich habe in meinem Leben viele Mantas gesehen«, sagte der Sevillano, »aber der dort ist der riesigste von allen. Ich schätze, er mißt zehn Fuß in der Breite, von Flosse zu Flosse, und er wiegt über zwei Tonnen. Aber sie sind zutrauliche Kerle, diese Seefledermäuse, freundlich wie die Delphine. Einmal hatte ich sie einen ganzen Tag lang auf den Fersen, und sie benahmen sich überhaupt nicht bösartig. Immerhin könnten sie einen mit einem einzigen Ruck einer Flosse oder mit einem Zucken ihres Schwanzes in die Ewigkeit befördern.«

Fast eine Stunde verstrich, und dann kam der Manta nach vorn und schwamm uns voraus. Als er am Boot vorbeischwamm, sah ich deutlich seine Augen. Sie waren bernsteingelb und mit schwarzen Punkten gesprenkelt, und sie schienen sich auf mich zu heften, auf mich allein, nicht auf den Sevillano.

Ich erhaschte auch einen Blick auf sein Maul und mußte aus irgendeinem Grund daran denken, wie meine Mutter mir gesagt hatte, der Manta Diablo habe sieben Reihen von Zähnen, und ich dachte, das stimmt nicht, er hat oben überhaupt keine Zähne und unten nur eine einzige Reihe, und die Zähne sind stumpf, nicht scharf wie Messer, und sehr weiß.

Der Manta bog ab und kehrte zurück und schwamm in einem großen Kreis um unser Boot. Wieder bog er ab, doch als er zum zweitenmal zurückkam, war der Kreis kleiner, und die Wellen, die er aufwirbelte, brachten unser Boot zum Schwanken.

»Unser Freund wird mir lästig«, sagte der Sevillano. »Wenn er noch näher kommt, lasse ich ihn die Harpune spüren.«

Ich wollte dem Sevillano sagen, besser, du belästigst ihn nicht, eine Harpune ist für ihn nichts weiter als eine Stecknadel. Ich wollte ihm sagen, es ist nicht irgendein

Manta, der da neben uns herschwimmt, es ist der Manta Diablo. Doch meine Lippen waren eingefroren.

Ich glaube, es war das Bernsteinauge, das er im Vorbeischwimmen auf mich heftete, auf mich und nicht auf den Sevillano. Es könnten aber auch die alten Geschichten gewesen sein, die mich als Kind geängstigt hatten, ehe ich lernte, darüber zu lachen, und die nun in mein Gehirn zurückfluteten, wirklicher als sie jemals gewesen waren. Ich weiß es nicht. Ich weiß nur, daß ich plötzlich die Gewißheit hatte, daß der schwimmende Riese der Manta Diablo persönlich war.

Die Kreise wurden immer enger. Wir bildeten ihren Mittelpunkt – das Boot, der Sevillano, ich, die Perle –, daran zweifelte ich nicht länger.

Das Boot begann heftig zu schwanken, und Wasser platschte herein, und wir mußten es mit unseren Hüten ausschöpfen, wenn wir nicht sinken wollten. Eine halbe Meile oder etwas weniger von uns entfernt lag eine Insel, die man Isla de los Muertos, Insel der Toten, nannte. Sie hatte sich diesen Namen erworben, weil sie von Indianern bevölkert war, von denen es hieß, sie brächten jeden um, der dort landete, um Schildkröten zu erlegen, oder aus irgendwelchen anderen Gründen.

»Schöpf weiter, ich rudere«, sagte der Sevillano. »Wir steuern die Insel an.«

»Ich suche mein Heil auch lieber bei Los Muertos«, sagte ich, und nie hatte ich etwas ernster gemeint.

Als spürte er, was wir vorhatten, schwamm der Manta Diablo davon, entschwand unseren Blicken, und so landeten wir heil auf der Insel.

# 15

Los Muertos ist öde wie alle Inseln in unserem Vermillon-Meer, es gibt dort aber eine geschützte, sandige Bucht, welche die Schildkröten zu Hunderten aufsuchen, um ihre Eier zu legen. In diese Bucht steuerten wir unser Boot, stießen es an Land und erkletterten dann einen niedrigen Hügel, der eine gute Sicht auf die Insel bot.

Isla de los Muertos ist klein und ziemlich flach. Auf ihrem südlichen Zipfel leben die Indianer im Freien, ohne irgendwelche schützenden Dächer. Vom Hügel aus sahen wir die Lagerfeuer brennen und Menschen darum herumsitzen. Deren schwarze Kanus lagen säuberlich ausgerichtet im Küstensand. Wir schlossen daraus, daß uns niemand in die Bucht hatte einfahren sehen.

Wir kippten das Boot und gossen das Wasser aus, das uns beinahe überschwemmt hatte, und aßen noch mehr Maiskuchen. Inzwischen war es Nacht geworden.

»Wir warten eine Stunde«, sagte der Sevillano. »Zeit genug für den Manta, ein anderes Boot zu finden, dem er folgen kann.«

»Wir können eine Stunde oder einen Tag lang warten«, sagte ich, »er wird immer noch da sein.«

»Was soll das heißen?«

»Das soll heißen, daß der dort draußen der Manta Diablo ist.«

Es war zu dunkel, um sein Gesicht zu sehen, aber ich wußte, daß der Sevillano mich anstarrte, als hätte ich den Verstand verloren.

»Santa Maria!« rief er. »Daß unwissende Indianer an den Manta Diablo glauben, ist mir bekannt. Aber daß du, der du die Schule besucht hast und Bücher lesen kannst, einer von den mächtigen Salazar in Person, daß du an solche Märchen glauben kannst ... Santa Rosalia, ich kann es kaum fassen!«

»Außerdem«, fuhr ich fort, »wartet er dort draußen auf die Perle und er wird so lange warten, bis er sie hat.«

Der Sevillano hatte sich ans Boot gelehnt. Er stand auf und kam auf mich zu. Ich blieb sitzen, wo ich war.

»Wenn ich die Perle ins Meer werfe«, sagte er, »so wird der Manta sie nehmen, davonschwimmen und uns in Ruhe lassen. Darauf willst du wohl hinaus, wie?«

»Ja.«

Der Sevillano drehte sich auf dem Absatz um, schlenderte zum Boot hinüber und versetzte ihm einen Tritt, wahrscheinlich um seinen Ärger zu bekunden. Dann stapfte er in die Dunkelheit hinaus, als wünschte er, mir möglichst fernzubleiben.

Der Mond ging auf. Kurze Zeit später hörte ich vom Hügel her leise Vogelrufe und das Rascheln von Flügeln. Etwas mußte die Meerschwalben, die bei Sonnenuntergang in ihre Nester zurückgekehrt waren, aufgeschreckt haben. Als ich aufblickte, sah ich deutlich die Umrisse einer Gestalt am Nachthimmel.

Ich sprang auf, rief jedoch nicht nach dem Sevillano. Hier bot sich eine Gelegenheit, ihn loszuwerden. Ich konnte auf den Hügel steigen und dem Indianer, der dort stand, erklären, weshalb ich auf der Insel gelandet war. Vielleicht würde er mir helfen, denn das mit dem Manta Diablo würde er verstehen.

Es war ein gefährlicher Plan, dennoch hätte er gelingen können, hätte nicht der Sevillano den Indianer ebenfalls erblickt.

»Los, ab!« brüllte er.

Ich zögerte einen Augenblick und beobachtete den Indianer auf dem Hügel über mir. Die nistenden Meerschwalben begannen aufgeregt zu zwitschern und umherzuflattern, woraus ich schloß, daß noch mehr Indianer vom Dorf heraufgekommen waren und sich zu dem andern gesellt hatten.

Der Sevillano lief zum Boot, drehte es um und verstaute die Vorräte, die im Sand lagen.

»Schnell«, rief er mir zu.

Ich stapfte zum Boot, und gemeinsam schoben wir es ins Wasser. Wo die Perle war, ob der Sevillano sie im Boot oder in seiner Tasche versteckt hatte, wußte ich nicht.

»Du möchtest vielleicht hierbleiben«, sagte der Sevillano. »Die Indianer von Los Muertos graben ein Loch in den Sand und stecken dich bis zum Kinn hinein und lassen die Schildkröten an deinem Gesicht knabbern. Aber vielleicht ist dir das lieber als der Manta Diablo.«

Das Boot schaukelte auf dem Wasser, und der Sevillano hatte die Ruder ergriffen.

»Kommst du oder bleibst du?« fragte er.

Ein Pfeilregen schwirrte pfeifend vom Hügel herunter und schlug im Sand auf. Da blieb mir nichts anderes übrig, als eilig ins Boot zu klettern, was ich auch tat, gerade als ein zweiter Hagel von Pfeilen das Wasser rings um uns aufpeitschte.

Der Mond war fast voll, die Luft war klar, und das Meer dehnte sich aus wie ein Bett aus Silber. Vom Manta Diablo war weit und breit nichts zu sehen. Der Sevillano setzte das Segel, obgleich der Wind sich gelegt hatte, und wir ruderten beide aus Leibeskräften, da wir fürchteten, die Indianer würden uns in ihren Kanus verfolgen. Noch lange hörten wir sie schreien, sie versuchten jedoch nicht uns zu folgen.

Als wir aus dem Windschatten der Insel kamen, fingen wir eine leichte Brise ein. Der Sevillano las am Nordstern die Richtung ab und steuerte das Boot dem Mondpfad entlang nach Osten.

# 16

Als die Sonne aufging, lag die Insel der Toten hinter uns. Die Luft war bleiern, und auf dem Wasser zeigte sich kaum ein Gekräusel. Über und um uns hing ein dünner roter Dunstschleier, doch bis ich den Manta Diablo entdeckte, verstrich noch mehr als eine Stunde.

Zuerst flog ein Nadelfisch, länger als mein Arm, dicht über dem Wasser an mir vorbei wie eine Gewehrkugel. Ich hörte das Klappern seiner grünen Zähne, und als ich mich umdrehte, um zu sehen, was einen Fisch, dem man große Tapferkeit nachrühmt, so sehr erschreckt haben könnte, wölbte sich das Wasser eine halbe Achtelsmeile hinter dem Boot. Aus diesem Wasserbuckel erhob sich der Manta.

Durch einen schäumenden Wirbel stieg er hoch in die Luft, höher als ich jemals einen hatte springen sehen, so hoch, daß ich seine blitzweiße Unterseite und seinen langen, um sich peitschenden Schwanz erkennen konnte. Eine, zwei Sekunden lang schien er zu verharren, wie um alles um sich her zu überblicken, dann ließ er sich fallen und schlug donnernd auf dem Wasser auf.

»Dein Freund gibt aber mächtig an«, sagte der Sevillano.

Er sprach gelassen, und ich schaute ihn verwundert an, weil er noch immer, sogar jetzt noch immer nicht wußte, daß es der Manta Diablo war, der in die Luft gesprungen war, und warum der Manta das getan hatte.

Der Sevillano nahm die Perle, die er zwischen seinen Füßen festgehalten hatte, und verstaute sie hinter dem Wasserkrug im Heck des Bootes. Dann ergriff er die Harpune.

»Ich habe neun Mantas getötet«, sagte er. »Sie sind viel leichter zu töten als ein Wal von der gleichen Größe, weil ihnen der Walspeck fehlt. Sie sind auch leichter zu töten als der Fuchshai oder der Sechskiemer- oder Siebenkiemerhai oder der Tigerhai oder der große graue Hai.«

Der Manta Diablo entschwand unseren Blicken. Es war beinahe Mittag geworden, als ich ihn wieder sah. Ein leichter Wind kam auf und kräuselte die See, und es kann sein, daß er die ganze Zeit dicht hinter uns geschwommen war, während der Sevillano mir erklärte, wie einfach es sei, einen Manta zu töten, und wo er die neun anderen getötet hatte. Zuerst sah ich die ausgebreiteten Flügel, und dann strich er am Boot vorbei, und ich sah, wie die Bernsteinaugen herüberschweiften und mich anschauten wie beim erstenmal. Sie sagten so deutlich wie laute Worte: »Die Perle gehört mir. Wirf sie ins Meer. Sie hat dir Unglück gebracht, und das Unglück wird dein Schicksal sein, bis du sie zurückgibst.«

In diesem Augenblick muß ich etwas geflüstert haben, das meine Furcht verriet, denn der Sevillano kniff die Augen zusammen und betrachtete mich prüfend. Er war jetzt endlich überzeugt, daß er es mit einem Kind oder einem Irren zu tun hatte.

Der Manta Diablo schwamm knapp außer Reichweite der Harpune vorbei. Majestätisch schwamm er uns ein Stück weit voraus und kehrte dann langsam in einem weiten Kreis zurück. Der Sevillano erwartete ihn, auf gespreizten Füßen stehend, ein Bein gegen die Ruderpinne gestemmt, die schwere Harpune in der Hand.

Die Perle lag zu weit von mir entfernt. Um sie zu erreichen, hätte ich das ganze Boot entlangkriechen müssen. Jede meiner Bewegungen konnte der Sevillano sehen, daher beschloß ich zu warten, bis der Manta Diablo näherkam und der Sevillano seine ganze Aufmerksamkeit auf ihn richten mußte.

Wieder blickte der Sevillano mich an. »Ich beginne einiges zu verstehen«, sagte er mit seiner leisen Stimme, geduldig, als spräche er zu einem Kind oder einem trauernden Hinterbliebenen. »Du hast der Madonna die Perle gestohlen, weil sie die Flotte und deinen Vater nicht schützen konnte. Du bist in der Nacht zur Lagune gefahren, wo du die Perle fandest. Und du bist hingefahren, um sie dem Manta Diablo zurückzugeben. Habe ich recht?«

Ich antwortete nicht.

»Nun«, sagte er, »ich will dir etwas erzählen. Es ist eine Geschichte, die du noch nicht kennst und die keiner kennt außer Gaspar Ruiz, dem Sevillano.« Eine Weile lang beobachtete er schweigend den Manta Diablo. »Es hätte nicht viel gefehlt«, fuhr er fort, »und die Flotte würde jetzt, um diese Stunde, unter dem gleichen Himmel segeln oder heil im Hafen von La Paz vor Anker liegen. Und dein Vater würde sich in seinem Patio zu Tisch setzen und sich ein festliches Mahl gönnen, mit Schweinebraten und gutem Wein aus Jerez.«

Kalter Zorn packte mich. Ich saß still da und rührte mich nicht, doch der Sevillano sah es meinem Gesicht an.

»Beruhige dich«, sagte er. »Ich will dir ja nur erklären, weshalb die Flotte an den Klippen von Punta Maldonado zerschmetterte. Eine bessere Flotte hat es auf dem ganzen Vermillon-Meer nie gegeben. Dein Vater war ein großer Kapitän. Und doch gingen die Schiffe und die Leute und dein Vater unter in einem Sturm, der nicht ärger war als mancher andere zuvor, den sie alle heil überstanden hatten. Warum, fragst du.«

»Ich frage nicht.«

»Trotzdem will ich es dir erklären, Kamerad, denn bis ich den Manta loswerde, wird es noch ein Weilchen dauern. Während ich mit ihm beschäftigt bin und dich nicht im Auge behalten kann, wirst du vielleicht auf einen verrückten Einfall kommen. Du wirst vielleicht die Perle nehmen und über Bord werfen. Dann würde ich dir den Hals aufschlitzen müssen. Das wäre ein Jammer, denn der Manta hat keine Schuld an deines Vaters Tod.«

Der Manta Diablo hielt sich immer noch ein gutes Stück abseits und schien es nicht eilig zu haben, uns einzuholen. Lässig hob und senkte er seine prachtvollen schwarzen Flossen. Dennoch befestigte der Sevillano das eine Ende der Harpunenleine an seiner Waffe und rollte den Rest zu einem sauberen Bündel, das er sich vor die Füße legte.

»Als der Sturm aufkam«, sagte er, »als der ganze südliche Himmel von unheimlichen Wolken bedeckt war, da sagte ich zu deinem Vater, wir würden wohl besser umkehren und den Schutzhafen von Las Animas aufsuchen. Er lachte mich aus. Der Wind, sagte er, sei mit uns, und wir würden den Hafen von Maldonado erreichen, ehe der Sturm losbreche. Er hat die falsche Entscheidung getroffen. Und er traf sie wegen der Perle, wegen seines Geschenks an die Madonna. Nicht daß er jemals von der Perle gesprochen hätte. O nein, kein einziges Mal erwähnte er sie, während wir im Boot standen und uns stritten und der Wind blies und die Wolken sich immer höher türmten. Doch die ganze Zeit war die Perle da, in seinem Hirn. Ich erriet, daß sie da war, groß und wichtig. Ich erriet es aus der Art, wie er sprach.«

Der Sevillano hielt inne und schob das Kinn vor. Mit dieser Pose wollte er mir zeigen, wie mein Vater ausgesehen hatte. Es erinnerte mich an den Augenblick im Salon, da er Pater Gallardo die Perle gegeben hatte und später, als er meiner Mutter erklärte, das Haus Salazar würde der Gunst des Himmels teilhaftig sein, jetzt und immerdar.

»Aus der Art«, fuhr der Sevillano fort, »wie er so sicher über den Sturm und alles andere sprach, erriet ich, daß er überzeugt war, Gott halte ihn bei der Hand.«

Der Sevillano ließ einen Finger über den eisernen Haken der Harpune gleiten und hob zielend den Schaft an die Wange und warf die Waffe probehalber ein paarmal in die Luft. Während er all dies tat, sagte er: »Wenn du jetzt noch einmal wählen könntest, würdest du der Madonna die Perle stehlen?«

Ich zögerte mit meiner Antwort, verwirrt durch das, was ich soeben gehört hatte, und durch seine Frage. Ehe ich sprechen konnte, sagte er:

»Nein, Ramón Salazar würde die Perle nicht stehlen. Natürlich nicht, wo er jetzt doch weiß, weshalb die Flotte sank. Er würde die Perle auch seinem guten Freund Gaspar Ruiz nicht stehlen.« Der Sevillano wartete darauf, daß ich etwas sagte, doch ich blieb stumm. Ich saß im Bug des Bootes und beobachtete den Manta Diablo, der hinter uns herschwamm. Ich wußte bereits, was ich tun würde, falls er den Manta Diablo tötete oder falls es ihm mißlang. Ob das eine oder das andere geschah, ich erkannte jetzt ganz klar, was ich zu tun hatte, und daß ich dem Sevillano nichts davon sagen würde.

# 17

Wieder einmal schwamm der Manta Diablo an uns vorbei, immer noch in sicherer Entfernung, und wieder beschrieb er einen großen Kreis und kehrte zurück. Als er das Boot zum drittenmal an diesem Morgen überholte, war er uns näher denn je. Diesmal schien er den Sevillano herauszufordern, seine Harpune zu werfen, denn die Bernsteinaugen des Ungeheuers waren auf ihn gerichtet und nicht auf mich.

Der Sevillano gab ein lautes Grunzen von sich, und ich hörte, wie die Harpune aus seiner Hand schnellte, und die Leine entrollte sich wie eine Schlange und sauste in die Höhe. Eine Schlinge wand sich um meinen Fuß, und ich wurde an die Bootswand geschleudert. Sekundenlang dachte ich, ich würde ins Meer gerissen, doch irgendwie kam die Schlinge wieder los.

Mit gespreizten Gliedern an der Bootswand klebend, sah ich die lange Harpune in einem Bogen durch die Luft fliegen und hinunterfallen und versinken. Sie traf den Manta Diablo mitten zwischen seine ausgebreiteten Flügel.

Gleich darauf straffte sich die Leine, an welcher die Harpune befestigt war, und das Boot hüpfte vom Wasser auf und plumpste wieder zurück, wobei es so stark rüttelte, daß meine Zähne wackelten. Es schwankte bedrohlich, doch als die Leine sich wieder spannte, begann es geradeaus zu fahren.

»Dein Freund zieht uns in die gute Richtung«, bemerkte der Sevillano und ließ sich an der Ruderpinne häuslich nieder, als wäre er unterwegs zu einer Fiesta. »Bei der

Geschwindigkeit dürften wir morgen in Guaymas sein.«

Der Manta Diablo schwamm aber nur ein kurzes Stück weit nach Osten, dann wendete er und nahm Kurs auf Westen. Er schwamm langsam, so daß kein Wasser ins Boot drang, als ob er uns in keiner Weise belästigen wollte. Er lotste uns schnurgerade durch die See, wie ich es mit keinem Kompaß fertiggebracht hätte, auf den Ort zu, den wir beide nur zu gut kannten.

»Jetzt zieht uns dein Freund in die falsche Richtung«, sagte der Sevillano. »Aber sie werden schnell müde, diese Mantas.«

Dessenungeachtet schleppte sich der Vormittag dahin, und es wurde Mittag, und immer noch schwamm der Manta Diablo langsam westwärts.

Etwa um diese Zeit wurde der Sevillano unruhig. Er lehnte nicht mehr müßig an der Ruderpinne, den breitrandigen Hut schief im Gesicht. Er übergab mir die Pinne und wählte einen Platz im Bug, der ihm eine bessere Sicht auf das Tier und die Harpune gewährleistete. Der Manta schien die Harpune kaum zu spüren.

Von Zeit zu Zeit murmelte der Sevillano etwas vor sich hin und warf mir dann jeweils einen Blick zu, mit einem sonderbaren Glitzern in seinen Augen. Ich fragte mich, ob er wohl endlich einsah, daß sein Gegner keiner jener gewöhnlichen Mantas war, vor denen er so wenig Respekt hatte, daß es vielmehr der Manta der Mantas war, der Manta Diablo in Person.

Ich brauchte nicht lange zu fragen. Als wir eben auf der Höhe der Isla de los Muertos dahinfuhren, sprang der Sevillano auf und zog das lange Messer mit dem Korkknauf aus dem Gürtel. Ich glaubte erst, er wolle die Leine zerschneiden, die uns mit dem unermüdlichen Riesen verband. Und das mag ursprünglich auch seine Absicht gewesen sein, doch dann steckte er das Messer mit einem Fluch wieder ein und begann die Leine Hand über Hand einzuholen.

Mit großem Kraftaufwand zerrte er das Boot an den Manta heran. Dieser änderte weder seine Geschwindigkeit noch seinen Kurs durch die ruhige See, so daß wir ihm unaufhaltsam näherrückten. Schließlich waren wir ihm so nahe, daß ich seinen gebogenen, rattenähnlichen Schwanz mit der Hand hätte packen können.

Der Sevillano bückte sich und machte die Leine am Bug fest. Er warf seinen Hut ins Boot und zog das Hemd aus und nahm das Messer aus seinem Gürtel. Dann füllte er dreimal hintereinander seine Lungen mit Luft und ließ sie seufzend wieder ausströmen, als bereite er sich auf ein langes Tauchmanöver vor.

All dies tat er mit einem künstlichen Lächeln und mit übertriebenen Gebärden wie ein Zauberer, der sich anschickt, ein Kunststück vorzuführen. Ich hatte das Gefühl, er habe sich geschworen, den Manta Diablo zu töten, gleichgültig, wie lange es dauern mochte oder um welchen Preis. Er würde ihn töten, um mir zu beweisen, daß Gaspar Ruiz ein Mann war, wie ich es zu werden niemals hoffen durfte.

Ich hatte geglaubt, unsere alte Gegnerschaft wäre vergessen und die Fehde zwischen uns hätte an dem Tag, da ich die Perle fand, ein Ende gefunden. Ich täuschte mich, sie war nicht zu Ende.

Während ich mit gefalteten Händen im Boot saß und zusah, wie er sich zum Töten des Manta Diablo bereitmachte, stieg der alte Haß in mir hoch. Ich sprang auf und zog mein Messer aus der Scheide. Es war scharf, doch es war nicht das Messer, das ich mir ausgesucht hätte, um den Manta Diablo damit zu erlegen. Heute weiß ich, daß es dieses Messer auf der ganzen Welt nicht gibt.

»Wir töten ihn gemeinsam«, rief ich.

Der Sevillano warf einen Blick auf mein Messer und dann auf mein Gesicht und begann zu lachen. »Mit dem da könntest du nicht einmal die Großmutter des Manta umbringen«, sagte er. »Setz dich hin und halte dich an der Bootswand fest. Falls der Manta zu tauchen versucht, zerschneide die Leine. Tust du das nicht, so nimmt er dich samt dem Boot mit in die Tiefe. Und denke daran, Kamerad, rühr die Perle nicht an!«

Gleich darauf sprang der Sevillano. Er landete auf dem flachen Rücken des Manta Diablo, glitt auf die Knie und kroch nach vorn zu der Stelle, wo die Harpune aufragte. Er packte den Schaft mit einer Hand und mit der anderen hob er sein Messer.

Ich glaube nicht, daß der Manta Diablo ihn überhaupt bemerkte, weder als er sprang noch als er seinem Rückgrat entlangkroch noch später, als er den Schaft der Harpune packte. Denn er schwamm stetig weiter, halb in, halb über dem Wasser, und die pechschwarzen Flossen bewegten sich gleichmäßig auf und ab.

Mit der ganzen Kraft seines mächtigen Körpers stieß der Sevillano das Messer tief in den Nacken des Ungeheuers, bis es nicht mehr tiefer drang. Ein Zittern überlief den Manta Diablo, er bäumte sich auf und fiel zurück, und sein Schwanz peitschte durch die Luft über meinem Kopf.

Beim zweiten Messerstoß, als kleine, von Blut verfärbte Wellen über seinen Rücken rieselten, schlug der Schwanz des Manta Diablo auf dem Wasser auf, und ein dumpfes Grollen drang tief aus dem Innern des Tiers. Er richtete seine Flossen steil über seinem Rücken auf, wie um den Sevillano wegzufegen. Dann tauchte er unter, und die Leine spannte sich mit einem Ruck, und das Boot schoß nach vorn, wobei alle unsere Vorräte über Bord geschleudert wurden.

In dem einen kurzen Augenblick, ehe das Tier meinen Blicken entschwand, hatte ich keine Zeit gefunden, die Leine entzweizuschneiden, wie der Sevillano mich geheißen hatte.

Das Boot legte sich sogleich auf die Seite und kippte vornüber, und der Bug schleuderte eine Welle hoch. Alles geschah im gleichen Atemzug. Wir gingen unter, die Leine begann zu reißen, hing an einem Faden und war entzwei.

Der Sevillano lag immer noch auf den Knien. In seinen Händen hielt er die Harpune. Kann sein, daß er den eisernen Widerhaken noch tiefer in das Ungeheuer rammen wollte, doch während er auf dessen Rücken kniete und blutiger Schaum ihn beinahe vor meinen Blicken verbarg, schnellte das Ende der zerrissenen Leine nach vorn und schlang sich um ihn, wie ein Strick sich um einen Maibaum ringelt, sobald die Kinder ihn loslassen.

Kein Wort, kein Schrei kam über die Lippen des Mannes. Sein Rücken war mir zugekehrt, und ich erhaschte einen Blick auf die Tätowierung, die sein größter Stolz war, eine Zeichnung in roter, grüner und schwarzer Tinte quer über seinen breiten Schultern, die darstellt, wie er den zwölfarmigen Polypen tötet. Dann versank er zusammen mit seinem tauchenden Feind, die Harpune immer noch mit den Händen umklammernd.

Ich richtete das Boot auf und fand eine Weile später die

treibenden Ruder und ruderte hin und zurück über der Stelle, wo der Sevillano untergegangen war. Das einzige, was ich sah, war ein Schaumfleck und in seiner Mitte das Messer mit dem schwimmenden Korkgriff und der nach unten gerichteten Klinge.

Als die Sonne unterging, hißte ich das Segel und nahm Kurs auf La Paz. Da erst fiel mir die Perle wieder ein. Sie lag im Bug des Bootes, wo der Sevillano sie versteckt hatte, das einzige, was nicht ins Meer geschleudert worden war.

# 18

Die Stadt schlief, als ich in den Hafen fuhr, doch die Hähne krähten, und bis zum Sonnenaufgang blieb nur noch wenig Zeit.

Ich zog das Boot an Land, schlüpfte aus den Schuhen, band die Schnürsenkel zusammen und hängte mir die Schuhe um den Hals. Auf bloßen Füßen ging ich lautlos den Malecón entlang, um die streunenden Hunde, die dort unter den Bäumen schlafen, oder die Obdachlosen, die in den Hauseingängen schlafen, nicht zu wecken, und stieg auf einem Umweg den Hügel hinan. Als ich oben die Plaza überquerte, schimmerte das erste Frühlicht auf dem Kirchturm und seinen großen Glocken.

Die Tür quietschte laut, als ich sie öffnete, und ich wartete im Dunkel, bis ich sicher war, daß niemand das Quietschen gehört hatte.

Gleich hinter der Tür unserer Kirche steht eine hölzerne Tafel, an welcher Bekanntmachungen angeheftet werden, die für die Gläubigen bestimmt sind. In der Mitte der Tafel verkündete ein großer Anschlag, größer als alle anderen, daß für die Festnahme des Diebes, der die Perle der Madonna geraubt hatte, eine Belohnung von tausend Pesos winkte. Ich nahm den Zettel herunter und steckte ihn in die Tasche.

Die Kirche war leer, und nur ein paar Kerzen brannten vor dem Altar.

Ich schritt durch das Mittelschiff zur Nische, die wie eine Muschel geformt ist und wo Unsere Liebe Frau vom Meer in ihrem weißen Gewand stand, eine Blumengirlande im Haar. Das süße Lächeln lag immer noch auf ihrem Gesicht, und sie streckte ihre Hand allen Sündern entgegen, wer immer sie sein mochten, sogar mir.

In ihre Hand legte ich die große schwarze Perle. »Hier ist ein Geschenk meiner Zuneigung«, sagte ich, »eine Gabe der Liebe.«

Ich sprach dann noch ein Gebet für die Seelenruhe des Sevillano und ein zweites für meine eigene. Ich sprach auch ein Gebet für den Manta Diablo, diese Kreatur der Schönheit und des Bösen, die nur zwei Menschen mit eigenen Augen gesehen haben, wiewohl es viele gibt, die sagen, sie hätten sie gesehen, und der jeder Mensch irgendwann in seinem Leben einmal begegnet.

Nachdem ich gebetet hatte, kehrte ich eilig durch den Mittelgang zur Tür zurück. Als ich dort ankam, blieb ich stehen, kehrte um und stieg die lange Treppe empor, die zum Turm und seinen drei bronzenen Glocken hinaufführt.

Unter mir lag die Stadt. Frauen und verschlafene Kinder waren mit leeren Krügen auf den Köpfen zum Brunnen unterwegs. Der erste blaue Rauch drang überall aus den Schornsteinen. Und jenseits der Plaza konnte ich eines der Indianermädchen sehen, das die Pflastersteine vor unserem großen Tor schrubbte. Es war Luz. Ihr Mann war mit der Flotte bei Punta Maldonado umgekommen.

Neben mir hingen die großen Glocken. Ich zog kräftig am Strick und brachte sie zum Schwingen. Bis zum ersten Frühgottesdienst dauerte es noch eine Stunde, deshalb kamen, als die Glocken zu dröhnen begannen, die Leute aus den Häusern gelaufen, um den Grund des Geläutes zu erfahren. Ich band die Schuhe los, schlüpfte hinein und zog noch einmal kräftig am Glockenseil. Als ich die unterste Treppenstufe erreichte, war die Kirche gedrängt voll

Menschen; es war daher ein Leichtes, unbemerkt hinauszugelangen.

Draußen lag die Sonne jetzt golden auf den Dächern, und die großen Glocken läuteten über der Stadt. Sie läuteten auch in meinem Herzen, denn an diesem neuen Tag begann ich ein Mann zu sein. Es war nicht der Tag gewesen, an dem ich Partner im Hause Salazar wurde, und auch nicht der, an welchem ich die Perle des Himmels fand. Dies war der Tag.

Doch während ich in der goldenen Sonne heimwärts schritt und der Klang der Glocken noch in der Luft hing, versuchte ich mir eine Geschichte auszudenken, die ich meiner Mutter erzählen konnte. Denn das, was wirklich geschehen war, würde sie nicht glauben, so wenig wie ich ihr die Geschichte glaubte, die sie mir vor langer Zeit erzählt hatte.

# Hans Fallada
# Süßmilch spricht
### Ein Abenteuer von Murr und Maxe

66 Seiten, gebunden

«Murr, Maxe und Beline – das sind zwei
Berliner Rangen und eine Teckelhündin,
die einen fast aussichtslosen Kampf gegen den
übermächtigen Herrn Süßmilch führen...
eine phantasievolle und poesiereiche Geschichte
aus der Zeit der Inflation.»
*Berliner Zeitung*

WALTER-VERLAG

# Lese-Abenteuer
# Abenteuer Lesen

dtv junior 70056  Ab 12

dtv junior 70136  Ab 12

dtv junior 70144  Ab 12

dtv junior 70142  Ab 13

dtv junior 70139  Ab 13

Die Bücher mit dem grünen Band für junge Menschen, für die Lesen Abenteuer ist.